Die neue Horror Serie »Scherenschnitte bei Nacht« möchte den Leser mitnehmen und ihm zeigen, in welchen Formen, Gestalten wie auch Situationen es Horror zu erleben gibt. In diesem ersten Band sind sieben Geschichten enthalten, die so ganz unterschiedlich zum Gruseln anregen. Da gibt es mal ein Buch, welches danach trachtet, die Menschen ins Chaos zu stürzen. Ist es anfänglich nur über den Buchhandel beziehbar, so ändert sich die Lage rasend schnell, denn es ist zu so viel mehr fähig. Der Mensch ist das erklärte Ziel. Ein anderes Mal ist es ein Bild, welches seinen Besitzer in seinen Bann zieht. Bei einer weiteren Geschichte strafen die Freunde eines Computerfreaks eben diesen ab, indem sie ihm eine Lektion erteilen, doch es kommt anders wie erdacht. Diese, sowie weitere Geschichten, stehen in diesem ersten Band der Serie.

Stephen Red, geboren 1973, ist ein neuer Autor, der in den Genres Horror, Fantasy sowie Mystery zuhause ist. Durch seine unbändige Fantasie wird er mit immer neuen Geschichten zeigen, was hier alles möglich ist. Seit langem schon verfasst er Kurzgeschichten und Romane, welche nun nach und nach veröffentlicht werden. Mit diesem ersten Band einer Kurzgeschichten Horror Serie beginnt er sein Debüt.

Stephen Red

Scherenschnitte bei Nacht

Band 1

Drachenkopfverlag

Veröffentlicht im Drachenkopfverlag,
Wiemersdorf, Schleswig-Holstein,
März 2015

Titel: Scherenschnitte bei Nacht - Band 1
Verlag:Drachenkopfverlag
Cover & Covergestaltung: burger bunch media
Satz: Drachenkopfverlag
Lektorat: Lieselotte Wever
Autor: Stephen Red
Printed in Germany
ISBN 978-3-945859-01-8

An dieser Stelle möchte ich mich bei ein paar lieben netten Menschen
bedanken:

Nils Klingebiel, Nadia Sahlenbeck, Lieselotte Wever

Ferner danke ich meinen Fans, die mir seit langem oder auch erst seit
kurzem folgen.

„Manhattan"

Kaum, dass er zu Hause war, ging er auch schon in die Küche und goss sich ein Glas Whisky ein. Eigentlich war er kein Trinker, aber so ab und zu nach einem stressigen Tag gönnte er sich doch schon mal ein Glas. Single Malt, zwölf Jahre alt: So musste er sein. Die Flasche zu 45 Dollar, stets vom selben Lieferanten. Ted war immer noch Single. Obwohl sein Job ihn schon in so manch glückliche Situation geschubst hatte. Wie das erst kürzlich zu Ende gegangene Projekt. Dort war er der Technische Leiter einer Großbaustelle von beachtlichem Kaliber und Prestige. Er leitete weit über 80 Mitarbeiter an. Gebaut wurde ein Wolkenkratzer mit 32 Etagen und das in Dubai, dem Ort, wo alle hinströmten, die mal angeben wollten mit ihrem Job. Er arbeitete als selbstständiger Architekt und nahm nur die Jobs an, die er wollte. Das Geschäft lief gut, denn er war sehr begehrt bei den großen Baufirmen. Das Einzige, woran er immer noch zu knabbern hatte, war der Tod seiner jungen Frau Monique sowie seiner Tochter Ophelia. Diese war gerade einmal drei Jahre alt geworden, als sie mit ihrer Mutter zusammen im Auto ums Leben kam. Ein betrunkener Autofahrer war schuld. Sie hatten keine Chance und starben auf der Stelle. Diese Tatsache half Ted, mit der Situation umzugehen.

Seit jenem Tag, dem 16.07.2011, ging er zur Therapie, wann immer er es einrichten konnte. Die Gespräche halfen ihm, seinen Alltag zu meistern. An manchen Tagen ging es ihm gut, an anderen schlecht und an bösen Tagen war er kurz davor, in den Tod zu springen. Schon zweimal wollte er sich das Leben nehmen, weil er die Umstände nicht aushielt, zu wissen, dass er seine Tochter nie zur Einschulung begleiten würde, nie sehen würde, wie sie zur Frau heranwuchs und auch nie von ihr hören würde, wie der erste Kuss war. Diese Fragmente seiner Vorstellungskraft brachen nach und nach weg in immer tiefere Tiefen. Manchmal hatte er das Gefühl, er würde die Erinnerungen an beide ganz verlieren. Gerade in so einer Situation brauchte er eine Sitzung.

Oftmals saß er dann da, schaute bis zu einer Stunde lang aus dem Fenster und blickte ins Nichts, schlug auch mal mit der Faust gegen die Scheibe, sodass seine Therapeutin, Frau Dr. Bianca Voss, mahnend eingreifen musste. Oder sie rief ihm per Vornamen zu: „HALT TED, VERLASS UNS NICHT!" Das half fast immer. Er stoppte daraufhin die schlagende Bewegung und hielt inne. Danach überkam ihn der Schmerz und er brach augenblicklich zusammen. Sie wusste, welchen Impuls sie da bei ihm auslöste, weshalb sie diese Methode auch nur als äußerste Notlösung anwendete. Meistens jedoch saßen sie nur da und redeten. Redeten über das Wetter, über seinen Job, seine Beziehungen, die nie länger als zwei, drei Wochen andauerten. Er hatte Bindungsängste seit dem Unfall. Ob zu Recht oder nicht, das mochte sie nicht sagen. Der Verlust saß zu tief, als dass er es noch einmal durchleben wollte. Der Körper hat bei solch tragischen Erlebnissen seinen eigenen Schutzmechanismus und bei Ted war dieser sehr ausgeprägt. Einerseits

fehlte ihm die Nähe und Liebe zu einer Frau, andererseits hatte er Angst, erneut verletzt zu werden und beendete stattdessen lieber ganz schnell jede Beziehung. Sobald auch nur eine Frau in die Nähe seines Herzens gelangte, verbannte er sie kurzerhand aus seinem Leben.

So vergingen die Tage, Wochen, letztendlich sogar zwei bis drei Jahre. Er lebte allein, degradierte sich selbst zum Einsiedler. Mit der Zeit wurde er ein komischer Kauz. Seine Freunde hatte er über die Zeit mehr und mehr verloren. Keiner kam mit seinen Launen zurecht. Was heute noch gut war, war morgen schon wieder gemein ihm gegenüber. Seine Therapeutin versuchte dann eines Tages etwas Neues. Sie animierte ihn zu einem neuen Hobby. Erst war er ihr gegenüber sehr zögerlich, gab dann aber nach der vierten Sitzung nach. „Okay, Doc, ich hör mir an, was Sie zu sagen haben. Aber machen Sie es kurz, denn ich will heute noch zum Flohmarkt." Was sich wie eine Öffnung zu den Menschen anhörte, Flohmarkt, war in Wahrheit nur ein Hinfahren, aus sicherer Entfernung zuschauen, wie die vielen Menschen um die Stände laufen und wieder von dannen ziehen. Aber hier nun war ihre Chance. Er hörte zu, jedenfalls gab er das vor, und so versuchte sie ihr Glück. „Ted, ich hab dir doch erzählt, dass du dir mal überlegen sollst, ob du nicht mit einem neuen Hobby anfangen möchtest." „Ja Doc, das haben Sie vorgeschlagen", sagte er kühl. „Was hat es denn nun damit auf sich und um welches Hobby geht es schließlich?" Sie schaute ihm tief in die Augen und fuhr fort: „Sammeln Sie Bilder von tollen Bauwerken, die geschaffen wurden, und hängen Sie sich diese hin. Da Sie ja vom Fach sind, denke ich mal, dass Sie die Bilder nach ganz anderen Kriterien aussuchen als unsereins." „Davon können Sie ausgehen", sagte er kurz angebunden. „Mmh, die Idee ist gar nicht so verkehrt. Ich muss zugeben, ich hatte mir das auch schon mal überlegt, aber dann doch wieder verworfen. Ich konnte mich damals nicht dazu durchringen, etwas ich

kaufen, geschweige denn wusste ich, wo ich ein Bild hinhängen könnte."
Seine Therapeutin beobachtete ihn. „Um das Ganze voranzutreiben,
habe ich Ihnen Ihr erstes Bild bereits schon einmal mitgebracht." Ted
schaute sie ganz entgeistert an, denn damit hatte er nicht gerechnet.
Schließlich sagte er zu ihr: „Dann zeigen Sie mal her. Bin ja schon etwas
gespannt darauf, was Sie für mich ausgesucht haben." Daraufhin
eröffnete ihm die Therapeutin: „Ich hab Ihnen ein Schwarz-Weiß-Bild von
Manhattan aus den 30er Jahren mitgebracht. „Toll, woher wussten Sie
denn, dass ich genau so ein Bild schon immer haben wollte?", fragte er
sie. „Das wusste ich nicht", entgegnete sie. „War wohl einfach eine
innere Eingebung." Das Bild maß 2 Meter in der Breite und 1,20 Meter
in der Höhe. Man konnte darauf richtig gut die Konturen der Hochhäuser
erkennen, die Namen der Schiffe lesen, die im Hafen lagen, ja sogar die
Menschen in den Bussen und Autos waren zu sehen. „Ich bin
überwältigt", sagte Ted. „Sie ahnen ja gar nicht, wie glücklich Sie mich
damit gemacht haben." – „Freut mich, wenn es Ihnen gefällt. Ich rolle es
für Sie zusammen. Dann können Sie es gleich mitnehmen." Er umarmte
sie, nahm das Bild samt Schutzhülle entgegen und entschwand aus der
Praxis.

Noch am selben Tag gegen Abend holte er das eingerollte Bild aus der
Schutzrolle und breitete es auf seinem Wohnzimmertisch aus. Das Bild
verdiente einen Rahmen und so kaufte er auf dem Weg nach Hause,
noch schnell einen. Als das Bild endlich an der Wand hing, erfüllte es ihn
mit Stolz. Er hängte es an der gegenüberliegenden Wand zu seinem
Sofa im Wohnzimmer auf. Direkt schräg oberhalb seines Fernsehers.
Ted konnte sein Glück kaum glauben. So ein tolles Bild, und nun hing es
in seiner Wohnung. Gegen Abend schaltete er den Fernseher ein und

schaute die Nachrichten. Wie immer war es die übliche Berieselung: hier ein Kriegsbericht, da ein Mordopfer und später noch eine Geiselnahme im Nahen Osten. Alles in allem belangloses Zeug. So stand er wieder vom Sofa auf, schlurfte in die Küche und goss sich einen Whisky ein. Zwei Finger breit mit Eiswürfel. „Aaarrrghhh", schmeckte das gut! Nach einem langen harten Tag, einer Therapiesitzung und dem alltäglichen Nachrichtenblabla, war dies genau das Richtige.

Zwei Stunden später blickte Ted völlig verschlafen auf seine Armbanduhr und erschrak. „Nein, verdammt, ich bin eingeschlafen! Hab ich den Whisky getrunken?" fragte er sich. Denn das Letzte, an das er sich noch erinnern konnte, war der Moment, in dem er ihn sich eingoss. Schnell blickte er um sich. Nasse Stellen waren nicht zu auszumachen. „Ich muss ihn doch getrunken haben. Aber wo ist das Glas? Vielleicht unter das Sofa gerollt?" Das hatte er erst kürzlich hinbekommen. Ein Blick darunter und seine Sorgen waren passe, denn es war leer. „Puh, noch mal Glück gehabt." Aber das Eishockeyspiel in der Nacht war ohne ihn gelaufen. Nachdem er das Glas in die Küche gestellt hatte, schwankte er schlaftrunken wieder zurück zum Sofa, setzte sich und legte die Füße hoch. Der Fernseher lief noch immer. Mittlerweile lief „King Kong" in Schwarz-Weiß. Wohl eine der ersten Verfilmungen des Stoffs. Gerade wurde die weiße Frau von dem Riesenaffen entführt. Ted schaute auf das Bild und dachte dann: „Das passt ja gut zu meiner neuesten Errungenschaft an der Wand. Kletterte er nicht auch in Manhattan an einem Wolkenkratzer empor und stürzte schließlich in die Tiefe?" Genauso war's. Ted blickte auf das Bild, den Fernseher und wieder auf das Bild. So richtig hatte er es sich gar nicht angesehen.

„Das hol ich doch gleich mal nach", beschloss er, zog sich seinen Bademantel an, die Filzpantoffeln über die Füße, ging zum Lichtschalter und drückte hier auf „Bilderlicht". Oben an der Decke hatte er hinter einer Zierleiste kleine Lampen anbringen lassen. Das hatte Flair, gerade, wenn dort tatsächlich Bilder hingen. „Bilder sollten nur von oben herunter beleuchtet werden", dachte Ted. Nun ging er mal eben kurz nach Manhattan. „Wie sich das anhörte. Ich bin mal eben kurz nach Manhattan gegangen, toll." Das gefiel ihm und so stand er eine ganze Weile vor dem Bild. Er ging immer näher an das Bild heran und war erstaunt über die Genauigkeit dessen. Man könnte meinen, sogar noch die Anzugfarben der Büroleute erkennen zu können. Aber vielleicht war das auch nur eine optische Täuschung. Als Ted so davor stand, bemerkte er etwas weiter rechts von ihm, wie sich Schaumkronen auf den Wellenkämmen bildeten. „Das war doch nicht möglich", dachte er. Dann schüttelte Ted den Kopf und versank erneut in das Bild. Und da: wieder! Erneut zu seiner Linken konnte er sehen, wie sich das Wasser bewegte. Es gruselte ihn schon etwas, denn er verstand nicht, wie das überhaupt möglich sein konnte. „Wahrscheinlich war der Whisky doch zu viel – oder noch zu wenig." Er grinste breit, schlich in die Küche und goss sich noch einmal zwei Finger breit ein. Diesmal jedoch ohne Eis. Er schluckte den Genuss herunter und baute sich erneut vor dem Bild auf. Dann sagte er: „Nun zeig mal, was du kannst!" Damit meinte Ted das Bild. Fast so, als wäre es ein Lebewesen, mit dem man eine Unterhaltung führen könnte.

Nichts geschah. Minutenlang herrschte Stille. Aber dann wurde es auf einmal gespenstisch. Jetzt sah er in einem Fenster eines Hochhauses eine junge Frau stehen. Sie war adrett gekleidet, sogar mit passendem

Hut. Ted schätzte sie auf Anfang zwanzig, eventuell auch noch jünger. Wie er noch dabei war, sie zu beobachten, sieht er aus dem Augenwinkel heraus, wie weiter rechts ein Mann aus dem Fenster in die Tiefe springt. „Oh mein Gott! Der ist gesprungen, der ist wirklich gesprungen!" Ohne sich der Situation völlig bewusst zu werden, schaute er erneut auf das Bild. Und da sah er sie wieder, die junge Frau; sie stand nun am geöffneten Fenster und blickte in die Tiefe. „Was hast du vor?", flüsterte er. Kaum, dass die Worte seinen Mund verließen, schaute die Frau zum Himmel hoch und dann ihm direkt in die Augen. Ted war das sehr unangenehm und unheimlich zugleich. Er duckte sich weg, ganz so, als müsste er sich einem Kind gleich vor den eigenen Eltern verstecken, weil er etwas ausgefressen hatte. Doch es half nichts. Jetzt standen noch mehr Frauen und Männer in den Fenstern jenes Gebäudes, in dem die Frau zu arbeiten schien. Alle starrten in die Tiefe, starrten auf Ted. Dieser war völlig fertig. Die Situation löste bei ihm seine Angstneurose aus und er begann zu zittern. Innerlich wünschte er sich: „Mach sie weg, mach, dass sie woanders hinsehen." Als er vielleicht fünf Minuten später aus seiner geduckten Haltung hochkam, war das Bild wieder normal. „Hab ich mir das jetzt eingebildet oder was ist da gerade passiert?" Er brauchte noch eine Sitzung und diese am liebsten umgehend. In seiner Panik wählte er sofort die Nummer seiner Therapeutin.

Das Telefon klingelte bei Dr. Bianca Voss. Sie ging sogleich ans Telefon und meldete sich mit ihrem Namen. Ted brüllte in den Hörer: „Sie leben, Sie leben und schauen mich an. Das Wasser, es bewegt sich. Helfen Sie mir, ich werde verrückt, Frau Doktor." Seine Therapeutin sagte erstmal nur: „Ted, haben Sie mal auf die Uhr gesehen? Es ist vier Uhr morgens. Das ist eine Zeit, bei der normale Menschen schlafen. Was ist denn da bei Ihnen los und warum glauben Sie, dass Sie verrückt werden?" Ted erzählte ihr das, was er dort auf dem Bild gesehen hatte. Da war sie erstmal sprachlos und fragte schließlich: „Was haben Sie getrunken, Ted? Ein, zwei Whisky vielleicht?" Darauf Ted: „Es waren nur zwei Whisky. Deswegen halluziniert man nicht derart." – „Da haben Sie recht, das kann's also nicht sein. Haben Sie sich heute irgendwann mal den Kopf gestoßen? Wir wissen ja beide, dass Sie kein Freund von Ärzten sind und diese nur dann aufsuchen, nachdem das Bein bereits abgefallen ist." Ted verneinte die Frage kurz und knapp. „Mmh … Ich glaube, es wäre am Besten, ich würde Sie heute Vormittag mal besuchen kommen und wir schauen uns das Bild gemeinsam an. Was halten Sie davon, Ted?" Er war begeistert und sagte für zehn Uhr vormittags zu.

Stunden später. Dem Nervenzusammenbruch schon recht nahe, öffnete Ted ihr die Tür, als seine Therapeutin klingelte. „Na endlich sind Sie da! Warum haben Sie denn so lange gebraucht? Ich wohne doch gar nicht so weit weg von Ihrer Praxis. „Das ist richtig, Ted, aber ich lebe nicht in meiner Praxis. Meine Wohnung ist noch ein paar Blocks weiter südlich. Und ganz ehrlich, am Tage ist das schon ein großer Unterschied und die Entfernung nicht zu unterschätzen. Aber nun bin ich ja da." Kurze Zeit später suchten sie beide mit Lupen das ganze Bild ab. Entdecken konnten sie dabei nichts, nicht eine Menschenseele war zu erkennen. Und auch das Wasser bewegte sich nicht. Da fragte Ted ganz geradeheraus: „Heißt das jetzt, ich werde verrückt, Frau Doktor?" – „Nein, ganz sicherlich nicht, Ted. Beobachten Sie mal das Phänomen und schreiben Sie am Besten auf, zu welcher Uhrzeit Sie das wahrnehmen. So kann ich Rückschlüsse ziehen und dann kommen wir der ganzen Sache auf die Schliche." Nun war Ted doch einigermaßen erleichtert. Das Ganze hakte er als einmalige Halluzination ab. Als seine

Ärztin wieder ging, wünschte er ihr noch einen schönen Tag und entschuldigte sich für den nächtlichen Überfall am Telefon.

Weil er eh schon wach war, machte er sich erstmal einen starken Espresso mit der Maschine. „Der wird mir gut tun und weckt die Lebensgeister." Ein Druck auf den Start-Button und die Maschine surrte los. Die Bohnen wurden frisch gemahlen. Das duftete so lecker, dass er es kaum abwarten konnte, bis sein Getränk fertig war. Endlich floss das schwarze Glück in die Tasse. Dann piepte die Maschine und gab so das Zeichen, dass der Espresso fertig zum Genießen war. Ted nahm sich die kleine Tasse und sog lustvoll den Duft ein. „Was für ein Genuss am Morgen", murmelte er. „Jetzt noch ein kleines Baguette dazu, ein bisschen Schinken und Käse und der Tag kann kommen, ich bin gewappnet." Nachdem das Mahl verzehrt war, ging er zur Wohnungstür. Ein Blick auf die Uhr verriet ihm, dass der Zeitungsbote schon durch war. Er öffnete die Tür, nahm die Zeitung unter der Fußmatte hervor und schloss seine Tür wieder. Dann begab er sich erneut auf sein Sofa und warf einen Blick in die Zeitung. Lauthals gähnte er: „Uuuaaaarrrrghhhh." Was war das? Die Zeitung war ohne Farbe und diese merkwürdige Schrift. Richtig altmodisch, als wäre sie aus den ... „Sollte das heißen, aber wenn, wie sollte das denn überhaupt möglich sein?" Ted war gänzlich verwirrt, denn die Zeitung, welche er in Händen hielt, war aus den 30er Jahren, wie auch der Abdruck des Bildes, was ihm gegenüber an der Wand hing. Nun wurde es Ted, doch sehr mulmig zumute. Zuerst ließ er sich nicht beirren. Im Gegenteil, er las sogar ganz interessiert die Zeitung. Schließlich hat man ja unter normalen Umständen nie die Möglichkeit, mal eine Original-Zeitung aus den 30er Jahren in Händen zu halten. „Das gute Stück ist bestimmt schon was wert", geisterte es Ted durch den Kopf. Er blätterte die erste Seite um, denn er wollte wissen, ob es etwas Lohnenswertes gab, was man sich an Wissen aneignen könnte. Und tatsächlich, weiter hinten im Lokalteil stand:

„Junge Frau stürzte sich vom 18. Stock in die Tiefe. Es wird berichtet, dass sie einem Mann noch ein Zeichen gab, dass er sie aufhalten sollte, dieser aber nicht reagiert habe.“

Ted warf geschockt die Zeitung weg. „Das konnte nicht sein! Diese Frau hat mich doch niemals im Leben gesehen. Immerhin sind seitdem viele Jahrzehnte vergangen. Das ist Unsinn, und erklärt sich bestimmt in Kürze." Nun war er völlig verwirrt, aber gleichzeitig auch magisch von dem Bild angezogen. „Vielleicht konnte er jemanden retten, indem er der Person ins Gewissen redet, sodass sie nicht springt. Was redest du denn da, Ted? Hallo, ist noch jemand zu Hause im Oberstübchen? Irgendwie hab ich da berechtigte Zweifel dran." Ted verdrehte die Augen. Denn er wusste genau: Das konnte er mit Sicherheit niemandem erzählen. Da würde ihn außer seiner Ärztin jeder für verrückt halten. Aber das Wissen nur für sich behalten, das konnte er auch nicht, denn es belastete ihn. Und so kam er auf die Idee: „Ich schreib einfach alles auf, was mir seitdem passiert ist. Seit es mir das erste Mal bewusst wurde und dann kann ich es von meiner Seelenlast entfernen und dennoch immer wieder nachlesen, wenn mir der Sinn danach steht. Und so geschah es. Nachdem er fertig war, spürte er den Drang in sich aufsteigen, das Bild erneut zu betrachten. Diesmal unter Zuhilfenahme einer Lupe. Vielleicht war so noch mehr zu sehen als mit bloßem Auge.

Zehn Minuten später stand er schon wieder vor dem Bild. Diesmal legte er die Lupe darauf und zoomte sich so die einzelnen Fenster der Hochhäuser heran. Lange passierte nichts, doch dann konnte er erneut die weißen Schaumkronen der Wellen sehen. Diesmal hörte er sogar Geräusche: erst den Gong zum Ablegen der Fähre nach Ellis Island, weniger später den Lärm der Autos zwischen den Häuserschluchten und noch einen Tick später sogar das Rattern der Schreibmaschinen in den einzelnen Büroetagen. Viele Menschen sprachen wild durcheinander. Ted merkte schnell, dass er mit der Lupe immer das Gebiet eingrenzen konnte, von wo er die Töne hörte und die Bilder sich bewegen sah. Gespenstisch war es, aber er war Feuer und Flamme für diese Art der Technik. Was auch immer das war, er wollte mehr wissen. So las er über die Schulter eines Börsenmaklers dessen Zeitung mit, sah die Tipps auf Pferdewetten bei einem Buchmacher in der 9. Straße, ja, er erblickte auch die New Yorker Mode der 30er Jahre. Nicht sehr freizügig, wie er bemerken musste. Der Hut war in, auch Schleifen daran, aber viel mehr war nicht zu erkennen. Weiter hinten in der Straße war eine Uhr mit Datum zu sehen. Erst konnte er sie nicht erkennen, später dann aber doch. Das Datum war der 30.07.1934. „Sommer, das erklärt auch die Röcke der Frauen. Ja, genau so ist das", dachte Ted. Der Sommer in New York konnte sehr heiß werden.

Plötzlich hörte er ein lautes Motorengeräusch, das ihm fast das Trommelfell platzte. Er blickte auf und sah einen Zeppelin. „Wow, wie majestätisch er sich über die Stadt bewegte. Wo mag er hinfliegen?" Ted war richtig nervös. Das war ein echter Zeppelin und er konnte sehen, wie er über New York flog! „Ganz schön groß und so schön silbrig anzuschauen. Ich hab's! Ja, warum ist mir das nicht gleich eingefallen? Der fliegt zum Empire State Building. Das war doch der Grund, warum auf dem Dach des Gebäudes ein so hoher Mast war. Damit daran die

Zeppeline festmachen konnten. Sollte ich das jetzt wirklich zu sehen bekommen, wie dieses Manöver sich vollzog?" Er stand völlig baff vor dem Bild und hätte glatt salutiert, wenn er nicht so gebannt von der Möglichkeit eines historischen Augenblicks wäre.

Doch dann das! Ein ohrenbetäubendes fieses Geräusch erklang. Ganz so, als hätte jemand mit langen Fingernägeln eine Schiefertafel heruntergekratzt. Ted stellten sich alle Haare auf. Er fror plötzlich ohne jegliche Ankündigung. Dieses Geräusch war so unangenehm und verletzend. „Was konnte das ausgelöst haben auf dem Bild?" Er blickte vom Zeppelin herüber zu den Fähranlegern, weiter zum Central Park und wieder zurück zum Tunnel an der Südspitze von Manhattan. Aber er konnte nichts entdecken. „Vielleicht sehe ich ja was, wenn ich mit der Lupe die Hochhäuser anschaue", dachte er. Kaum ausgesprochen begann er seine Suche auch schon. Erst erblickte er nichts, doch dort, was war das? Eine fürchterliche Fratze blickte ihn aus einem der Fenster an. Durch die Lupe wirkte sie gleich fünf Mal größer. Teds Puls raste. Damit hatte er nicht gerechnet. Diese schreckliche Figur zeigte dann auch noch mit dem Finger auf ihn. Ted stürzte nach hinten, verlor das Gleichgewicht und brach schließlich zusammen.

Viele Stunden später erwachte er mit leicht schmerzendem Kopf. Noch immer am Boden liegend, hatte er verdrängt, was ihn da in der Nacht angestarrt hatte. Die Fratze war aus seinem Gedächtnis gelöscht. War wohl doch nur ins Kurzzeitgedächtnis gerutscht und das kann ja bekanntlich durch einen Schock überschrieben werden, wie bei einer Festplatte. Die Daten waren noch da, nur ohne Verzeichnisstruktur nicht ansprechbar, geschweige denn abrufbar. Ted stand wieder auf und schlurfte mit wackeligen Beinen ins Bad. Hier ging's zuerst mal aufs Klo und danach vor den Spiegel, Zähneputzen. Die Augen waren noch verschlossen bzw. konnten die empfangenen Bilder nicht in verarbeitbare Signale umarbeiten. Und so hatte Ted auch noch nicht die nächtliche Attacke auf ihn bemerkt. Minuten später erblickte er dann den Schaden. „Was ist das? Eine Beule am Kopf?" Er fasste daran und zog schnell die Hand wieder zurück, denn es schmerzte höllisch bei der geringsten Berührung. „Aua! Mann, verdammt, wie ist das denn passiert?" fragte er, bekam jedoch keine Antwort. Wie auch, die „Festplatte" war noch unstrukturiert. Nach dem Bad schaute er aus dem Fenster. Er blickte auf die Uhr, erst halb drei nachmittags. „Mmh, irgendwas sagt mir diese Uhrzeit, nur was?" Er grübelte, aber da kam nichts. Kein Impuls stellte sich ein. „Ob ich mal meinen Kalender bemühe? Vielleicht hilft er mir ja auf die Sprünge." Nun schaute er auf das Blatt mit den vielen Zahlen. 23. Juni 2014, die meisten Termine waren schon abgestrichen, was bedeutete, sie galten als erledigt. Für heute konnte er nichts erkennen. „Also hab ich frei. Das passt mir ganz gut. Ich wollte ja schon seit Längerem Mal wieder ins Solomon R. Guggenheim-Museum gehen. Aktuell wird dort die »Italien Futurism 1909-1944: Reconstructing the Universe« Ausstellung gezeigt. Diese würde mich ja sehr interessieren." Ted hatte ein Faible für Kunst. Und diese Ausstellung war von der Art her, sehr vielseitig, was ihn ansprach. Aber auch das Gebäude selbst zog ihn immer wieder in seinen Bann. So lag es beim Central Park, auf der rechten Seite vorne an, jedenfalls, wenn man vom Süden her zum Park gelangte. Die Kunst darin war immer faszinierend. Einziger Wermutstropfen war das Restaurant mit seinen Preisen.

Geschlagene zwei Stunden später stand Ted im Eingangsbereich des Museums. Dank seines New York CityPASS war der Eintrittspreis erschwinglich und es gab noch ein Audiogerät gratis. Irgendwie fühlte er sich unwohl. „Könnte es nicht doch sein, dass ich heute einen Termin habe, nur weiß ich nichts mehr davon?" Ted kratzte sich am Kopf und hatte plötzlich eine Eingebung. „Warum schau ich nicht mal in mein Handy. Das hat schließlich auch einen Kalender." Kaum, dass er die Möglichkeit in Erwägung zog, riskierte er auch schon einen Blick und erschrak. „Mein Gott, heute ist nicht der 23. Juni 2014, sondern der 23. Juli 2014. „An diesem Tag war mit Sicherheit ein Termin", schoss es einem abgefeuerten Projektil aus einer Pistole gleich durch seinen Kopf. „Ich hab was Wichtiges vergessen und trödel währenddessen hier im Museum herum. Ich muss sofort im Büro anrufen und Jenny fragen." Jenny war seit zwei Jahren seine Sekretärin. Sie war eine ganz liebe Maus, hatte aber leider schon drei Kinder. Nicht, dass er was gegen Kinder hätte, nein, aber dann müsste er bei einer Beziehung möglicherweise sein Appartement mit der tollen Aussicht über den Central Park aufgeben und das brachte er nicht übers Herz. Nein, leider ging keine Beziehung mit Jenny. Ansonsten war sie schon ein Traum von einer Frau: Tolle Kurven an den richtigen Stellen, große blaue Augen, lange blonde Haare und sie trug immer diese wunderschönen, kurzen Röcke, sodass Ted gelegentlich wusste, welche Farbe ihr aktueller Slip gerade hatte. Und obwohl er keine Beziehung mit ihr eingehen wollte, intervenierte er doch immer wieder mal, wenn sich eine Verabredung mit anderen Männern anbahnte. Zu Anfang nahm Jenny das gar nicht so wahr, aber über die Monate hinweg verstand sie den Wink mit dem Zaunpfahl sehr wohl.

Und so rief Ted sie an. „Hallo, Jenny-Maus, du sag mal, hab ich heute eigentlich 'nen Termin oder bin ich frei in der Planung?" Jenny räusperte sich nur und grinste dann ganz breit, weil er sie mal wieder Jenny-Maus genannt hatte. Was nicht oft vorkam, aber wenn, dann schwebte sie im siebten Himmel. Ihm selbst allerdings war das gar nicht so bewusst, was er mit dieser Ansprache am anderen Ende der Leitung auslöste. Er sah es schlichtweg nicht. Dann antwortete sie ihm: „Du hast um 17:30 Uhr einen Termin mit dem Stadtplaner. Da musst du leider hin, denn den Termin hast du schon dreimal nach hinten verschoben. Und allmählich ist der Typ richtig sauer auf dich." – „Liegt sonst noch was an?" – „Nein, den Rest des Tages hast du frei." – „Super, Jenny, du bist spitze. Sag mal, hast du heute Abend nicht Lust, zu mir zu kommen? Ich koche uns was Schönes und du bringst 'ne Flasche Wein mit." Jenny schmolz dahin und zitterte, sagte dann schließlich: „Jajaja!" – „Ich fasse das Mal als ein JA auf. Gut, dann um halb acht bei mir. Die Adresse hast du ja. Gut, ich muss jetzt auflegen, damit ich es noch rechtzeitig zum Treffen mit diesem Stadtplanertypen schaffe. Bis später." Und schon hatte er aufgelegt. Jenny dagegen hielt auch noch zehn Minuten später den Hörer in der Hand. Sie konnte ihr Glück kaum fassen. Er hatte sie eingeladen. Sie, die kleine Büromaus, die ihn schon seit einem Jahr anhimmelte. Wovon er allerdings nichts wusste und noch weniger mitbekommen hatte.

Beim Stadtplaner lief es genau darauf hinaus, wovor sich Ted schon gegruselt hatte: Langeweile mit einem Schuss Ödnis. Der Typ merkte gar nicht, wie ermüdend er war und so redete er und redete und redete. Irgendwann konnte Ted diesem Geschwafel einfach nicht länger zuhören und sagte ganz laut: „STOPP! Bis hierher und nicht weiter. Dr. Brunner, jetzt sagen Sie mir ganz konkret, warum ich hier bei Ihnen bin." Der Typ kratzte sich unter den Armen. Erst links, dann rechts, und sagte schließlich: „Sie planen doch, mit der Triptychon Gruppe ein neues Wellness Center mit 30 Etagen in Manhattan zu bauen und das für sage und schreibe 200 Millionen Dollar." Ted räusperte sich und ging kurz in sich. „Woher hatte er denn die Zahl schon wieder," dachte er. „Langsam glaube ich, im Büro sitzt ein Spitzel. Ich fühle ihm mal auf den Zahn. Vielleicht verrät er ja unwissentlich seine Quelle." –„Wie meinen Sie bitte?" fragte er dann. – „Na, na, junger Mann, nun tun Sie mal nicht so scheinheilig. Wir wissen doch beide, was Sie da planen. Schließlich sind Sie der Bauleiter." Ted sprach in sich hinein: „Ich bin der Bauleiter, seit wann denn das? Er weiß ja mehr als ich." Dann sagte er laut: „Ja, das wird ein großer Coup. Wir wollen das Bild von Manhattan nachhaltig verändern. Schon die fluoreszierenden Glasplatten, die das gesamte Gebäude ummanteln, werden ein echtes Highlight und bei Nacht schön leuchten." Dr. Brunner war wirklich beeindruckt oder tat zumindest so. Dann fragte er: „Wann werden Sie denn den ersten Spatenstich für ihre Wellness Oase in Auftrag geben, mein junger Freund?" – „Das wird genau heute in einer Woche der Fall sein. Ich hoffe, Sie kommen auch. Wenn Sie noch nicht auf der Gästeliste stehen, trage ich Sie da ein. Ich denke, Ihre Gattin wird auch gerne kommen." – „Das ist sehr schmeichelhaft von Ihnen, mein junger Freund." Ted blickte auf die Uhr und merkte, dass er fast schon zu spät zu seinem Date mit Jenny kommen würde. Also zog er die Reißleine. „Herr Dr. Brunner, ich muss leider unser Gespräch an dieser Stelle abbrechen, da ich heute noch eine charmante junge Frau bei mir zu Hause erwarte. Und da ich ihr versprochen habe, für sie zu kochen, muss ich flugs noch etwas einkaufen auf dem Weg zu meinem Appartement. Ich hoffe, Sie sehen es mir nach." – „Aber mit Freude, Herr Wagner. Frauen sollte man nie warten lassen. Wir sehen uns ja in Kürze wieder." – „Genau, ich weise meine Sekretärin noch an, Ihnen die genauen Daten zuzufaxen mit den Einladungskarten." – „Haben Sie vielen Dank. Nun aber los mit Ihnen!"

Unterwegs hat Ted noch schnell im Feinkostladen seines Vertrauens einen Stopp eingelegt und die fehlenden Zutaten für sein Menü besorgt. Dann ging's auch schon weiter. Er lief die Straßen rauf bis zum Eingang seines Appartements. Hier sah er Walter am Eingang stehen. Er kannte ihn und seine Familie schon lange und mittlerweile war zwischen den beiden fast sowas wie Freundschaft entstanden. So fragte er ihn geradeheraus, weil er genau wusste, dass Walter das nicht falsch verstehen würde: „Sag mal, Walter, ist hier heute Abend so ein richtig heißes Mäuschen vorbeigekommen?" Walter schaute ihn schmunzelnd an und sagte: „Ja, vor nicht mal zehn Minuten erst. Sie wollte zu dir. Ich hab sie hochgeschickt und Benny ließ sie dann auf der richtigen Etage raus." – „Danke, hast was gut bei mir." Jetzt musste er sich aber beeilen, denn sein Date war schon vor ihm selbst bei sich zu Hause eingetroffen. Das machte nun nicht gerade den besten Eindruck. So spurtete Ted in die Lobby, meldete sich am Empfang an und klärte Greta, die als Concierge im Appartementhaus ihren Dienst tat, über seinen Gast für heute Abend auf. Dann begab er sich zum Fahrstuhl. Hier begleitete ihn Benny. Er war der Liftjunge. Auf ihn war Verlass. „Kling" machte es in der 16. Etage. Ted stieg aus, rannte den Flur bis zum Ende herunter, zog seine Keycard durch den Schlitz und hetzte in sein Appartement. „Puh, bin ich zu spät?" Doch niemand antwortete ihm. In all der Eile hatte er unterdrückt, dass er dringend mal zur Toilette musste, aber nun folgte er ungeniert seinem Drang. „Ah tut das gut", dachte er. Befreit von seiner Blasenlast ging er ins Wohnzimmer. Aber auch hier war keine Spur von Jenny zu sehen. „Wie konnte sie denn vor mir mein Appartement betreten und dann nicht hier sein? Sie wird doch wohl nicht zu der Sorte Frau gehören, die sich hinter den Gardinen versteckt, um lustig zu sein", dachte er. Hatte er alles schon erleben dürfen. Da fragt man sich dann schon: „Hab ich die Frau am Kinderspielplatz mitgenommen?" Diese Sorte Frau war gar keine Mutter, sie war eines der Kinder, was auch im Sand spielte und nur eben mal verschnaufen wollte und dazu am Rand des Spielplatzes saß. Aber bei Jenny war es anders. Sie wirkte so viel reifer, als viele der gleichaltrigen Frauen im Sekretärinnenstab der Firma. Die Situation machte ihn stutzig. Nachdem er die gesamte Wohnung abgesucht hatte, rief er unten bei Greta an. „Sagen Sie mal, Greta, Sie haben doch eine junge Dame Ihren Terminal passieren sehen, nicht wahr?" – „Ja", entgegnete Greta kurz und konsequent. „Und dann ist sie zu Benny in den Fahrstuhl gestiegen mit einer Keycard für mein Appartement, stimmts?" – „Ja. Warum fragen Sie? Ist was nicht in Ordnung?" – „Nein, es ist alles zu meiner Zufriedenheit. Vielen Dank, Greta." Greta antwortete darauf nur: „Wir sind Ihnen stets zu diensten, Herr Wagner. – „Das hört man gern." Ted legte den Hörer wieder auf. „Wo kann sie denn noch sein? Wäre sie gegangen, hätte das Personal dies gemerkt und aufgezeichnet. Hier blieb nichts dem Zufall überlassen. Eine Feuertreppe gibt es nicht. Für Notfälle gibt es einen Fahrstuhl mit eigener Stromversorgung. Aber dieser ist unter normalen Umständen nicht nutzbar, da er mit einem komplizierten Sicherheitsschlüssel zu bedienen ist. Bei einem Feuer geht die Tür automatisch auf und der Schlüssel zum Starten des Fahrstuhls ist im Fahrstuhl in einem kleinen Glaskasten hinterlegt. Also ist sie damit ganz sicher nicht gefahren. Sie muss irgendwo in meiner Wohnung sein." Ted war verwirrt. Ein paar Stunden später, nachdem er das missglückte Date einigermaßen überwunden hatte, rief das Bild wieder nach ihm. Schnell kramte er seine Lupe aus dem Sekretär und legte sie erneut auf das Bild. Wieder war nichts zu sehen. Aus der Vergangenheit hatte er ja schon gelernt, dass man Geduld haben muss, um zu erspähen, was es zu sehen gab. Und tatsächlich, wieder bewegten sich zuerst die Wellen, dann ertönten die Geräusche und schließlich sah er erneut die Menschen in den Bürofenstern. Alles war wie zuvor. Plötzlich hörte er Feuerwehrsirenen aufheulen. Da, in der 4. Straße kam ein Löschzug, bestehend aus vier Fahrzeugen die Straße heraufgefahren. „Wo mochte wohl das Feuer sein?", grübelte Ted. Noch konnte er nichts entdecken. „Na, ich warte mal ab, wohin der Löschzug fahren wird." Keine zwei Minuten später war es klar. In der 6. Straße war ein Feuer im Bürogebäude zu sehen. Es war ein Bankhaus. Der Name oben am Gebäude verhieß, dass es sich um Straton International handelte. Irgendwas sagte ihm dieser Name.

Aber er kam nicht drauf und so schaute er erst mal zu, wie die Feuerwehr ihre Drehleiter in Position brachte, wie die Feuerwehrmänner die Gerätschaften und Schläuche verbanden und so das Wasser startklar machten.

So ins Nachdenken versunken, dämmerte es ihm plötzlich. „Hat Dad nicht bei Straton International, gearbeitet?" Dieser Gedanke bohrte ein Loch in seine Erinnerungen. Er wusste es schlichtweg nicht mehr. Aber seine Schwester, so erinnerte er sich, wusste sowas immer ganz genau. Und schon rief er sie an: „Hier bei Melissa Hicksby, was kann ich für Sie tun?" – „Seit wann meldet du dich denn mit dem Namen meiner Schwester, Llyod? Darf mal wieder keiner erfahren, dass du unter der Adresse wohnst?" Ted mochte Lloyd noch nie, denn die krummen Touren, die er da manches Mal abzog, brachten nicht nur seine Familie, nein, die gesamte Familie in Gefahr. Was ihm natürlich völlig egal war. „Also, Schwager, hol mal meine Schwester ans Telefon!" Und schon brüllte Lloyd nach hinten in die Wohnung: „Melissa, MELISSA, dein dummer Bruder ist mal wieder am Telefon. Er sagt, er will mit dir reden. Hast du mir was zu sagen? Na, komm schon. Wenn ich da was herausfinde, dann bist du dran, Fräulein. Dann kenn ich keine Gnade. Und sieh zu, dass die Leitung wieder frei wird. Ich erwarte einen dringenden Anruf."

Melissa ging anschließend ans Telefon und meldete sich mit: „Hallo, Bruderherz, was kann ich für dich tun?" „Sag mal, was ist denn das für ein rauer Umgangston, den dein Mann da anschlägt? Hat der keinen Respekt vor dir? Sowas hast du dir doch früher nicht gefallen lassen?" – „Also, Großer, schieß los, was möchtest du wissen?" Darauf sagte Ted nur: „Ich möchte wissen: Bei welcher Firma hat Dad gearbeitet. Und hat Mom da vielleicht auch gearbeitet?" – „Manchmal glaube ich Bruderherz, du hast da auf deinem Hals nur 'nen Sack Kartoffeln. Das hab ich dir doch schon ein oder zwei Mal gesagt. Dad hat bei Straton International gearbeitet und Mom ebenfalls, allerdings als Sekretärin. Warum fragst du das? Wofür ist das wichtig? Bist du schon wieder dahinter her, eine deiner wilden Theorien bestätigen zu lassen? Bitte nicht schon wieder." Ted war still, was für Melissa ein ganz klares „JA" bedeutete. Sie legte auf, denn sie hatte auf diese komische Art von mysteriösen Theorien, die Ted da manchmal ausbreitete, einfach keine Lust mehr. Nun gut. Die Information seiner Schwester half ihm ja auch erst mal weiter. Danach setzte er sich an seinen Laptop und forschte im Internet nach. Währenddessen blickte er immer zum Bild und schaute nach, was sich beim Brand so tat. Das Haus stand voll in Flammen und jetzt sah er es mit der Lupe: Da sprangen Leute in die Tiefe und klatschten hörbar auf den Asphalt. Bei manchen sprangen die Gliedmaßen weg, als wären sie nur mal kurz mit Knete angeklebt worden. Bei anderen verdrehten sich die Gliedmaßen so sehr, dass sie als Schlangenmenschen im Zirkus hätten auftreten können, wäre das Bild, was sich bot, nicht von höllischen Qualen begleitet worden. Er mochte da fast nicht mehr hinsehen, tat es aber dennoch. Denn es faszinierte ihn, wie hilflos die Menschen waren und was sie alles riskierten, nur um nicht im Innern des Hauses zu verbrennen. Dann geschah wieder nichts. Zeit, um weiter zu forschen. Tatsächlich fand Ted etwas über den Brand. Das Gebäude von Straton International brannte bis auf die Grundmauern nieder. Insgesamt kamen bei dem verheerenden Brand 267 Menschen ums Leben. Viele sprangen einfach aus dem Gebäude, aus lauter Verzweiflung. Andere sprangen im Dutzend auf das Sprungtuch, was diese große Masse jedoch nicht auffangen konnte, und so riss es und die Menschen fanden den Tod. Es war ein grauenvolles Intermezzo, was sich ihm hier bot. Dennoch: Seine Augen wollten die Qualen unbedingt mit ansehen.

Schließlich fand Ted eine Liste mit den Namen der Opfer. Er durchforstete sie rasch und sah seine Befürchtung bestätigt. „Mein Gott, wie schrecklich, meine Großeltern stehen auf der Liste. Sie sind beide bei dem großen Brand ums Leben gekommen." Ted konnte seine Entdeckung nicht fassen. „Wie war das möglich?" Er musste mehr wissen, denn irgendetwas konnte nicht stimmen. Wieder blickte er auf das Haus im Bild und da erblickte er seinen Großvater. Dieser winkte ihm zu und rief: „Junge, es tut mir so leid, dass du nicht der bist, der du glaubst zu sein. Wir hätten es dir erzählt, aber du hast uns nie besucht." Kaum, dass seine Worte verhallt waren, sprang auch er in den Tod. Hinter ihm stand seine Großmutter, welche er nie auf Bildern gesehen hatte. Aber da war sie, richtig fesch sah sie aus. Durch die Recherche im Internet hatte er ein Bild von ihr gefunden und so erkannte er sie sofort dort im Büro. Als sie in den Tod sprang, folgte er ihrem fallenden Körper sehr genau, bis sie schließlich auf einen Stahlträger prallte und in zwei Hälften zerspritzte. Ted wurde schlagartig kotzübel, er rannte ins Bad und übergab sich in die Kloschüssel. Nach drei Kotzrunden schnappte er sichtlich erschöpft wieder nach Luft und ging zum Spiegel. Hier stellte er mit Entsetzen fest, dass er nicht nur Blut im Gesicht hatte, nein, auch die Reste eines Ohres von seiner Großmutter hingen an seinem Mundwinkel. Daraufhin musste er gleich nochmal kotzen. „Mein Gott ist das widerlich. Wieso bekam ich das Blut und die, die … denn ab, wie war das möglich? Das ist doch vorher nicht passiert." Etwas hatte sich verändert. Je mehr er sich mit dem Bild beschäftigte, desto mehr passierte mit ihm, dem Bild und dem, was er auf ihm sah. Er konnte nun auch die Gerüche wahrnehmen. Völlig neben sich stehend schaute er eine viertel Stunde später wieder auf das Bild. Seine Lupe hatte er mit einem Nagel samt langer Schnur an das Bild festgeheftet, sodass er nicht lange suchen musste. Da stand er also wieder. Wie gebannt sah er die letzten Opfer sich in den Tod stürzen. Er rief ihnen zu: „Nein, springt nicht! Ihr werdet alle sterben, die ihr springt." – „Aber wo sollen wir denn hin? Sag uns einen Fluchtweg und wir nehmen ihn." – „Geht zum Fahrstuhlschacht und klettert diesen herunter." Ein paar der vermeintlichen Springer drehten um und verschwanden im Gebäude. Dafür sprangen nun andere. Einer von ihnen fiel mit einer Art Bauchklatscher direkt auf den Asphalt. Im Nu spritzten seine Gedärme in alle Himmelsrichtungen. „Gott, ist das widerlich", dachte Ted. „Ich hab noch nie zuvor gesehen, wie weit ein Mensch mit seinen eigenen Gedärmen spritzen kann. Bah. Ekelhaft! Ich bewundere ja die Feuerwehrmänner, dass die das aushalten." Wobei er bei näherem Hinschauen jedoch sehen konnte, wie sich zwei von ihnen übergaben. Verständlicherweise, denn der Anblick, der sich einem dort bot, war schon äußerst ekelhaft. Einer der Springer landete gar auf einem Hund und brachte ihn damit zum Platzen. „Pfui Deibel", dachte Ted. „Ich kann das nicht mehr mit ansehen."

Keine zwei Stunden später grübelte Ted wieder darüber nach, wo Jenny geblieben sein könnte, als plötzlich das Telefon klingelte. Seine Eltern waren am Apparat. „Junge, geht's dir gut? Wir hörten von deiner Schwester so sorgenvolle Theorien über die Vergangenheit unserer Familie. Ted, da gibt es kein großes Geheimnis zu lüften. Hör auf zu suchen, wirklich." Ted war etwas sprachlos, als seine Mutter so auf ihn einwirkte, denn vor kurzem hatte er ja den Beweis gefunden, dass tatsächlich etwas nicht stimmte, und zwar ganz und gar nicht. „Was mochte nur dahinterstecken, dass die beiden so intervenierten?" Ted musste es wissen. „Es gibt also ein dunkles Familiengeheimnis. Das finde ich heraus", dachte er sich. „Mal sehen, wie sie sich da herauswinden, wenn ich sie einfach mal mit einer Tatsache konfrontiere."

„Mom, ich hab schriftliche Beweise gefunden, dass meine Großeltern, also deine Mutter und ihr Mann bei einem Feuer 1936 in Manhattan ums Leben gekommen sind. Was sagst du dazu?" Lange Zeit herrschte Stille am Telefon. Dann sagte sein Dad zu ihm: „Junge, mit was für einem Mist kommst du uns denn nun? Woher hast du das? Das hast du dir alles aus den Fingern gesogen. Nichts davon ist wahr!" – „Dad, wenn davon nichts wahr ist, wie kommt es dann, dass es schwarz auf weiß in der Zeitung von damals stand? Ich habe mir die Zeitung besorgt und da stehen die beiden in der Liste der Opfer, mit ihrer alten Adresse und ihrem Arbeitsplatz bei Straton International. Da könnt ihr euch nicht mehr herausreden. Also legt die Karten auf den Tisch. Wer bin ich wirklich? Denn Ted Wagner kann ich kaum sein, wenn deine Mutter schon vor deiner Geburt nicht mehr lebte. Wer bist dann auch du? Wie heiße ich, woher komme ich, warum habt ihr mir und meiner Schwester das so lange verschwiegen?" Die beiden waren sprachlos am Telefon. Als sie schließlich wieder was sagen konnten, kam da nur: „Also gut, Junge, da du es nun eh herausgefunden hast, kommen wir zu dir und werden dich und deine Schwester aufklären. Ruf sie am Besten gleich an und bestell sie zu dir. Wir werden spätestens in zwei Stunden bei dir sein."

Ted war fassungslos. „Sollte etwa mein ganzes Leben eine Lüge sein? Was konnte ich den beiden denn jetzt noch glauben? Wo sagen sie die Wahrheit und wo tischen sie mir Lügen auf?" Er verzog das Gesicht und musste sich erst mal setzen. Dann rief er Melissa wieder an. „Diese war sofort am Telefon, als hätten seine Eltern, oder seine was auch immer sie waren, schon vor ihm bei ihr angerufen. Sie sagte direkt: „Ich bin schon auf dem Weg zu dir. Dad hat mich angerufen und gesagt, dass ich zu dir fahren soll, du würdest da was aufklären." Ted schwieg zunächst, sagte schließlich aber: „Dann komm mal her." In der Zwischenzeit suchte Ted die Häuser wieder ab. Irgendwie hatte er da ein ganz mieses

Gefühl. Und tatsächlich, sein Gefühl hatte ihn nicht getäuscht: Dort am Pier auf einer Parkbank saß Jenny! Sie winkte ihm liebevoll zu, während sie ein Eis aß. Schließlich rief sie: „Ted, huhu, ich hatte so lange auf dich gewartet und da hab ich die Lupe am Bild entdeckt. Und was soll ich sagen: Ich starrte einige Häuser an, bis ich so eine grässlich hässliche Fratze entdeckte. Sie stand in einem der Fenster und starrte mich ebenfalls an. Schließlich zeigte die Fratzengestalt mit ausgestrecktem Arm auf mich und rief mir zu: ‚Du kommst rein und ich geh raus!' Und ehe ich mich versah, war ich hier im New York der 30er Jahre. Wie komme ich denn jetzt wieder aus dem Bild heraus?" – „Das kann ich dir nicht sagen. Ich verstehe schon gar nicht, wie du überhaupt da hineingekommen bist?" – „Na, durch die grässliche Fratze." – „Und wo ist die jetzt", fragte Ted. „Hab ich dir doch eben gesagt. Ich bin ins Bild hineingekommen und sie hat es im Gegenzug verlassen. „WAS? Soll das etwa heißen, sie ist jetzt in meiner Realität?" – „Ja, das sollte es heißen. Sie muss in deinem Appartement sein." – „Oh mein Gott, jetzt wird mir gleich wieder schlecht. Ich fand sie schon sehr gruselig und eklig, als sie noch so klein war und im Bild existierte. Wie soll es mir da erst ergehen, wenn sie fast so groß wie ich bin? Dann falle ich tot um." – „Reiß dich zusammen", rief Jenny ihm zu. „Ich werde jetzt mal weiter spazieren gehen. Ich bin morgen erneut an der Promenade. Dann können wir uns wieder treffen und unterhalten." – „Ja, alles klar, bis morgen, Jenny." Was machte er denn da? Er verabredete sich mit einer Figur aus einem Bild. Einer winzig kleinen Frau noch dazu. Wurde er jetzt verrückt? War das die erste Stufe in den Wahnsinn, wie Dr. Bianca Voss es ihm einst beim Tod seiner Familie erklärt hatte?

Die zwei Stunden waren herum und die Familie hatte sich versammelt. Ted mimte den Gastgeber, denn schließlich war es seine Wohnung, in der sie sich trafen. Das war das erste Mal seit über 3 Jahren, dass sie zusammenkamen. Seit dem tragischen Tod von Teds Frau und seiner Tochter ließ er keinen mehr so dicht an sich heran. Er verschloss sich mehr und mehr, um sich zu schützen. Da seine Schwester nun so richtig angestachelt war, dass an der wilden Theorie ihres Bruders vielleicht doch mehr dran sein könnte, als zuerst angenommen, war sie nun völlig verwirrt, was hier gleich offenbart werden würde. Sie lümmelte sich dazu in den bequemen Ledersessel ihres Bruders. Dann sagte sie: „Schieß mal los, was du zu sagen hast, interessiert mich brennend." Und so tat er es: „Diese Zwei hier sind nicht unsere Eltern. Sie können es nicht sein, denn von unserer Mutter die Mutter – sozusagen unsere Großmutter – ist beim Brand 1936 ums Leben gekommen, was vor Mutters Geburtsdatum lag. Auch Großmutters Mann ist dabei umgekommen." Melissa schluckte tief und japste plötzlich herum: „Hmmm, hmmmm, HMMMMMM, was? Was, was, was, was, was? Nochmal auf Anfang. Du willst mir jetzt sagen, dass die beiden lieben Menschen, die uns all die Jahre versorgt und großgezogen haben, nicht unsere wahren Eltern sind? Ehrlich jetzt, meinst du das wirklich ernst?" – „JA" sagte Ted kurz. Nun sprang Melissa vom Sessel hoch. Es hielt sie nichts mehr. „Wer seid ihr, los, erzählt? Das kann doch alles nicht wahr sein! Wer bin dann ich, wer ist dann mein Bruder? Ist Ted überhaupt mein Bruder oder ist das auch alles gelogen?" Ihre Eltern schauten sich an und Mutter erklärte nur: „Ihr wart immer unsere Kinder, aber biologisch gesehen seid ihr es nicht, das stimmt. Auch Geschwister seid ihr nicht. Wir haben Euch damals im Krankenhaus gestohlen." – „WAS, WAS, WIE? DAS KANN DOCH NICHT EUER ERNST SEIN!" brüllte Melissa ihre Erzeuger an, denn „Eltern", diesen Begriff bekam sie nicht mehr über ihre Lippen, so abscheulich fühlte sie sich gerade.

Da merkten sie es beide, Melissa und Ted. Die beiden vermeintlichen Eltern benahmen sich plötzlich so komisch. Schließlich sagte ihr Dad:

„Dieses Wissen müsst ihr für euch behalten. Niemand darf wissen, wer wir wirklich sind." – „Und wie wollt ihr uns daran hindern, es der ganzen Welt zu erzählen?" – „Wir verbannen euch, wie wir es mit vielen anderen vor euch getan haben." – „Was, wie jetzt, wie meint ihr das?" Da geschah es auch schon. Ihr Dad sprach ein paar merkwürdig klingende Worte à la: „Oktav num eest ok demesch", was so viel bedeutete wie: „Für zwei, die hineingehen, schicke zwei gleiche Leben heraus." Es puffte kurz ein Nebel auf und Ted, wie auch Melissa, waren in Manhattan, im New York der 30er Jahre. Ted war geflasht von alledem. Und so sprach er zu sich „Ja, was sind sie denn jetzt eigentlich?" Seine Erziehungsdinger fragte er: „Für wie lange bleibe ich in diesem Bild, also, äh, bleiben wir in diesem Bild?" – „Für mindestens 67 Jahre, denn ihr müsst 100 Jahre alt sein, damit einer von euch die heiligen Hallen der Erleuchtung betreten darf, denn nur durch sie, könnt ihr wieder zurückkehren. Diese öffnen sich aber nur einem 100-Jährigen."

Zum Abschluss und kurz vor dem Gehen, so sah es jedenfalls aus, offenbarten die beiden Elternteile, die sie so lange gequält hatten, noch ein viel größeres Geheimnis. Plötzlich klingelte es an der Tür und herein kam Frau Dr. Bianca Voss. „Was macht sie denn hier?", fragte er sich. „Wie passt sie denn in alles rein?" Und da kam prompt die Antwort: „Das Bild hast du ja von mir, aber es ist verzaubert. Es zeigt mir alles an, was du mit ihm machst, wo du dich befindest und mit wem du dort gerade bist. Deine Heilung Ted ist längst abgeschlossen. Ich habe dich nur ewig lange gequält, weil mir das Freude bereitete. Du warst herrlich Ted oder soll ich dich lieber Henry nennen, wie du ja eigentlich heißt. Und Melissa heißt in Wirklichkeit Audrey und ist ein Straßenkind aus Brasilien." – „Hahaha", lachte sie dann, wie eine alte Hexe. Eure Eltern sind vor Kummer gestorben, hahaha, denn ich habe ihnen gesagt, dass ihr bei einem Brand umgekommen seid und so ist es jetzt auch, denn das

Gebäude, in dem ihr euch befindet, zünde ich gerade an." Da murmelte sie auch schon: „Inna Flammare", schloss ihre Hand und alles ging in Rauch und Flammen auf.

„Ihr seid Bastarde", rief Ted. Dr. Bianca Voss, die eigentlich Märtyra hieß, öffnete nun ihre Hand, doch es war nichts in ihr. „Nun entschuldigt mich, ich muss noch anderen Kindern das Leben vergiften."

»Buch 17«

Es war ihr Hochzeitstag. Hank und Erika waren bereits seit über zwanzig Jahren ein glückliches Paar. Immer noch sorgten sie sich liebevoll umeinander. Die gemeinsamen Kinder hießen Paula und Philipp. Ihre Tochter war neun Jahre, ihr Sohn elf. Sie galten als die klassische Vorzeigefamilie. Ein schönes Haus, zwei gute Jobs, verheiratet, zwei Kinder, einen Familienhund namens Rusty und auch sonst schien das Leben, was sie führten, perfekt zu sein. Aber so war es nicht immer.

Sie erinnerten sich gemeinsam an jenen Tag in ihrer Vergangenheit, der alles verändern sollte, was sie sich bis dato im Leben aufgebaut hatten. Es war der 17.09.2013. Dieser Tag begann, wie jeder Tag zuvor in der Woche. Es war morgens um halb sieben und der Wecke klingelte. Hank griff nach ihm und er verstummte. Kurz darauf stieg er aus dem Bett, streckte sich und machte ein paar Lockerungsübungen. Guten-Morgen-Yoga nannte er es selbst. Dann ging er ins Bad, machte sich frisch und verließ dieses nach gut zehn Minuten wieder. Anschließend taperte er in die Küche, setzte Kaffee auf und toastete sich zwei Scheiben von dem leckeren Vollkorntoast, den sie immer vorrätig hatten. Er stellte Wurst und Käse raus, nahm sich einen Teller, dazu ein Messer und erwartete jeden Moment das Klicken des Toasters, was besagte, dass jener fertig wäre. Klick, da war's. Hank schmierte sich die beiden Scheiben mit Käse und aß sie sogleich auf. Ein kurzer Blick auf die Uhr zeigte ihm, dass er noch eine viertel Stunde Zeit hatte, bis er los musste ins Büro.

Hank war Bankangestellter in der Kreditbank am Ort. Er war der richtige Mann, wenn es darum ging, Grundstücksspekulationen abzuwickeln. Der Job ernährte die Familie und beschäftigte ihn montags bis freitags, täglich für acht Stunden. Auf einer Skala von eins für fantastisch bis zehn für absolut mies, erfüllte ihn dieser Job mit einer guten Zwei. Was bedeutete, es gab noch ein wenig Luft nach oben. Sein Leben war gut durchgeplant.

Seine Frau Erika war damals Sachbearbeiterin bei einem Discounter. Diesen Job führte sie halbtags aus, da sie sich in der restlichen Zeit des Tages um ihre Kinder kümmerte. Für sie hieß es, jeden Morgen das gleiche Ritual abzuarbeiten. Aufstehen, sich mit den Kindern um die Nutzung des Bades streiten, anziehen, den Kindern Brote für die Schule schmieren und in ihre Ranzen packen, schon ein erstes Telefonat mit der Arbeitsstelle führen, was für heute so anlag, dann die Kinder zur Schule fahren und anschließend ging es ins Büro. Viel Zeit für Privatsphäre gab es da nicht. Alles lief seinen gewohnten Gang, tagein, tagaus, tagein und tagaus. Es fühlte sich an wie das Atmen als solches. Es gab keinerlei Spannung mehr im Alltagsgeschehen. Das Leben verkam zum routinierten Abarbeiten von Subroutinen im globalen Triebwerk der Maschinerie namens Arbeitskreislauf.

Eines Tages kam Hank eine Stunde früher von der Arbeit nach Hause. Wie immer parkte er seinen Wagen neben dem seiner Frau exakt in der aufgemalten Parkbucht vor dem Carport. Wie immer legte er zwanzig Schritte zurück auf dem Weg vom Auto zur Eingangstür und wie immer klingelte er nicht, sondern schloss die Tür auf, zog sich die Schuhe aus, die Pantoffeln an und hängte seinen Schlüssel in den Schlüsselkasten, legte die Jacke ab, hängte sie am dafür vorgesehenen Kleiderhaken auf, räusperte sich einmal, damit Erika wusste, dass ihr Mann, zu Hause war, und trat ein in den Wohnraum. Aber heute war es anders. Erika stand nicht da, um ihn zu bejubeln, dass er wieder einmal den Tag in der Bank geschafft hatte. Erika stand auch nicht da zum Rapport, um zu berichten, was sie in der Küche wieder für Köstlichkeiten für das Allgemeinwohl gezaubert hatte, damit sie die Laune der Kinder und die ihres Mannes erhöhen konnte, und Erika stand ebenfalls nicht da, um ihn daran zu erinnern, was er für morgen noch alles vorbereiten müsse, denn morgen war der Geburtstag seines Vaters, welcher jedoch vor drei Monaten das Zeitliche gesegnet hatte. Hank wirkte verstört. Etwas durchbrach sein routiniertes Muster. Plötzlich wusste er mit sich nichts mehr anzufangen. Sollte er jetzt in die Küche gehen und sich schon mal hinsetzen und warten, bis Erika auftischte? Sollte er ins Wohnzimmer gehen und dort den Fernseher anschalten, um aus Protest Sport zu schauen, was er ja eigentlich nicht tat, denn er ordnete sich seiner Frau völlig unter und diese verabscheute den Sport, weswegen er, seit sie sich kannten, zur Gänze darauf verzichtete. Oder sollte er einfach nach oben gehen, sich aufs Bett legen und die weiß gestrichene Decke anstarren, in der Hoffnung, dass seine Frau irgendwann käme, um für ihn die Entscheidung zu treffen, was er als Nächstes tun würde. Er wusste es nicht. Diese Situation gab es so noch nicht, niemals.

Geschlagene fünf Minuten später stand Hank immer noch ratlos im Flur. Er verzog den Mund zu einem Flunsch, wägte die Möglichkeiten für die drei zuvor genannten Varianten ab und entschloss sich für die Dritte. Zum ersten Mal seit Jahren hatte er, Hank Miller, eigenständig eine Entscheidung getroffen. Jetzt, wo er so darüber nachdachte, fühlte er sich gut, fühlte sich als Mann, fühlte sich stark. Er war ein Entscheidungsträger, ein Businessman, ein Mann, der wusste, was er wollte! Aber dieser Moment hielt gerade einmal nur zwei Minuten an. Durch die getroffene Entscheidung, nach oben zu gehen und sich auf das gemachte Bett zu legen, setzte er sich nun in Bewegung und stapfte die zedernholzfarbene Treppe empor in den ersten Stock. Das Schlafzimmer lag zu seiner Rechten. Hank vernahm schnaufende Geräusche, ja fast schon stöhnende, könnte man sagen. Was das zu bedeuten hatte, war ihm nicht klar, also setzte er seinen Weg fort und erreichte kurz darauf die Schlafzimmertür. Da er hier zu Hause war, klopfte er natürlich nicht an, sondern öffnete die Tür kurzerhand. Kaum, dass sich die Tür aufschwang, bot sich ihm ein Bild, welches er so nicht erwartet hätte. Da lag seine Frau nackt und breitbeinig auf ihrem gemeinsamen Ehebett und wurde von einem ihm schlichtweg unbekannten Mann gefickt. Er sah, wie die Nippel ihrer Brüste steif waren, erlebte, wie sie einer Katze gleich miaute und es genoss, wie dieser Fremde sie mit seinem Schwanz immer wieder stieß. Hank war völlig überrascht. Um sich ein besseres Bild von der Situation zu machen, setzte er sich auf den Stuhl vor dem Schminkspiegel seiner Frau und schaute dem Treiben weiter zu. Er wollte verstehen, was seine Frau an diesem Mann und an solch einer Situation schätzte. Die beiden fickten weiter, als gäbe es kein Morgen mehr. Zwei Minuten später zog er seinen harten Schwanz aus ihrer Scheide, sie drehte sich um, hockte jetzt auf allen Vieren und er stieß erneut in ihr enges Loch. Nun rammelten sie wie die Kaninchen, fand Hank. Er staunte nicht schlecht, als er sah, wie schnell man den Geschlechtsakt als solchen umsetzen konnte. Seine Frau stöhnte und stöhnte und schließlich rief sie laut: „Ich komme, ich komme, ja, weiter, schneller, ja, gib's mir, jaaa!!!“ Der Mann folgte ihrem Beispiel und gab ähnliche Worte und Laute von sich. Schließlich brachen beide völlig erschöpft zusammen.

Ein paar Sekunden später erblickte Erika ihren Mann, wie er dort auf dem Flechtstuhl saß und ihnen anscheinend zugeschaut hatte, beim Sex. Ihr schossen tausend Gedanken durch den Kopf, von „Wie gefühlskalt ist er eigentlich, dass er mir dabei zusieht, wie ich mich von einem fremden Mann vögeln lasse?" über „Wie lange sitzt er da wohl schon? Ich hab gar nicht gemerkt, dass er hereingekommen ist", bis hin zu „Warum hat er sich nicht aufgeregt? Immerhin hat er mich in flagranti erwischt." Aber diese Gedankengänge waren rein hypothetischer Natur, denn Hank war zu solchen Gefühlsregungen gar nicht in der Lage. Walter der Lover seiner Frau zog sich wieder an, grüßte Hank und wünschte ihm noch einen schönen Tag. Dann bedankte er sich bei ihm für seine Frau und entschwand die Treppe hinunter. Kurz darauf hörte man von unten, wie die Tür ins Schloss fiel. Hank sprang auf, schrie seine Frau an und sagte nur: „Du widerst mich an, du Stück Fleisch. Wie kannst du dich in unserem Ehebett von diesem Arsch ficken lassen?" – „Aber, aber, ich, du, du hast mich so lange ignoriert, du, ich, ich dachte, du liebst mich gar nicht mehr", stammelte Erika. Da drohte Hank seine Frau mit der geballten Faust und sagte: „Du bist es gar nicht wert, dass ich meine Kraft an deinem Körper vergeude. Du bist Abschaum in meinen Augen." Für sie brach eine Welt zusammen. Er hatte sie mit seinen eigenen Augen dabei erwischt, wie sie sich gehen ließ. Was Hank allerdings nicht wusste: Walter kam jeden zweiten Tag zu seiner Frau und vögelte ihr das Hirn aus dem Kopf. Das ging schon gute sechs Monate so. Nie hatte Hank auch nur den Hauch eines Verdachts geschöpft. Stets pünktlich kam er nach Hause. Er war berechenbar wie ein Uhrwerk und genau diesen Umstand nutzte sie für ihr schmutziges Geheimnis. Aber der Zufall hatte sie letztendlich gerichtet.

Tage später noch herrschte Totenstille, wann immer sie aufeinandertrafen. Ob nun beim Frühstück, Mittagessen oder Abendbrot, ja, sogar beim gemeinsamen Fernsehabend sprachen sie kein Wort miteinander. Alles wäre so geblieben, hätte Erika nicht eines

Tages dieses Buch mit nach Hause geschleppt. Der Titel wirkte gänzlich langweilig.

„BUCH 17"

stand darauf. Der Umschlag war schwarz und so war der Titel nur schwer zu erkennen, da er ebenfalls in Schwarz mittig auf dem Buchumschlag stand. Schon von Anfang an war sie über dieses Buch verwundert. So schlug sie es auf, um etwas über den Inhalt zu erfahren, denn einen Klappentext mit einer Kurzfassung zur eigentlichen Geschichte gab es nicht. Aber auch innen wurde sie enttäuscht. Es stand dort weder, wer der Autor war, noch der Herausgeber, es gab keine Inhaltsangabe, kein Verlagshaus, keinen Namen eines Illustrators. Schlimmer noch: Seitenzahlen fehlten auch. Erika dachte: „Wie soll ich das Buch denn lesen? Soll ich mir da mit einem Stift ›nen Haken dran machen, wo ich am Abend zuvor mit dem Lesen stehen geblieben bin? Ich verschandel doch nicht mein eigenes Buch!" So merkwürdig das auch war, es zog sie in ihren Bann. Schon kurze Zeit später las sie in dem Buch. Es war eine tolle Geschichte. Sie handelte von Rittern auf wunderschönen Rössern, von Helden, Schlössern, wilden Kreaturen. Von Frauen, die von ihren Männern einfach genommen wurden, wann immer ihnen der Sinn danach stand. Ja, das wollte sie auch. Dieses Leben gefiel ihr und nicht die Tristesse in ihrem Alltag. So las sie weiter und verlor jegliches Gefühl für die Zeit.

Nach geschätzten dreißig Seiten, die sie gelesen hatte, überkam sie das Bedürfnis, auf‹s Klo zu gehen. Sie legte das Buch umgekehrt auf die Seiten, sodass sie ja sah, wo sie war, wenn sie wiederkehrte. Schnell rannte sie los, wollte sie doch wissen, wie es mit dem Prinzen Caspia weiter ging und ob er ruhmreich aus dem Ritterturnier hervorging. In der Zwischenzeit allerdings kam Hank an dem Buch vorbei. Er nahm es, schlug es zu, suchte nach einem Buchtitel, fand jedoch keinen. Bei genauerer Betrachtung sah er dann, dass sich etwas fein abzeichnete auf der Front.

„BUCH 17"

stand dort schwarz auf Schwarz. „Wer, bitte schön, schreibt denn den Buchtitel so schlecht leserlich vorne drauf?" Dafür musste es einen Grund geben und Hank wollte ihn wissen. Also schlug er das Buch auf und auch er fand darin keine Angabe eines Autors, eines Herausgebers, kein Inhaltsverzeichnis, geschweige denn Seltenzahlen. Er staunte nicht schlecht, denn so etwas hatte er noch nie gesehen. „Wo konnte man das kaufen? Und was kostete es?" fragte sich Hank, denn ein Preis stand ebenfalls nicht darauf. „Woher hatte Erika nur wieder dieses merkwürdige Ding?" Nichtsdestotrotz fing auch er an, in dem Buch zu lesen.

Fantastisch, da stand was von wilden Amazonen, die ihre Männer auf Händen trugen. Ja, genau so ein Leben wünschte er sich. Er wollte der König eines kleinen Harems sein. Und diese Amazonen wurden beschrieben wie die Traumfrauen aus den Katalogen, die er immer auf dem Klo las. Eben Erikas Zeitschriften. Auch er vergaß die Zeit und las bestimmt vier, wenn nicht gar fünf Stunden in dem Buch. Kein Blick zur Uhr, denn dann wäre ihm aufgefallen, dass irgendwas nicht stimmen konnte.

Erika war derweil auf dem Klo. Es schoss nur so zwischen ihren Schenkeln hervor, das Nass. In Sekundenschnelle wischte sie sich sauber, zog ihren Slip wieder hoch, passte ihn den Beinen an und stürzte zum Waschbecken. Hier reinigte sie sich die Hände und sauste zurück ins Wohnzimmer, wo sie das Buch zurückgelassen hatte. Alles war gut, es lag noch genauso, wie sie es zurückgelassen hatte. „Wo ist nur Hank?", fragte sie sich kurz. „Ach, egal, wo der sich rumtreibt. Hauptsache ist, ich kann lesen", dachte sie. Und schon war das Buch wieder in ihren Händen und sie setzte die Lesereise fort. Prinz Caspia ritt heran. Er war ein stolzer Ritter mit einem imposanten Herrscherwappen auf dem Schild. Sein Knappe Gisbald schritt hoch erhobenen Hauptes hinterdrein. Er war mit Stolz erfüllt, dass er einem so mutigen wie auch charismatischen und erfahrenen Turnierritter dienen durfte. Erika schmolz dahin. Sie las und las und verlor jegliches Gefühl für ihr Leben.

Nach über zwanzig Stunden Lesen am Stück machte sie kleine Dehnübungen, streckte sich ein wenig, aber schaute weiterhin ins Buch. Dann blätterte sie die Seiten um und merkte, dass nur noch eine Handvoll Seiten bis zum Ende fehlte. Da dachte sie sich: „Das lese ich noch kurz zu Ende und dann schau ich mal, wo Hank geblieben ist. Denn irgendwie ist es viel zu still zu Hause." Und so las sie weiter. Seite um Seite kam sie dem Ende näher. Als sie auf der letzten Seite und schon beim Umschlagen angelangt war, riskierte sie einen Blick auf den Deckel des Buches. Da stand auch etwas, wieder in schwarz auf Schwarz. Es war fast so, als wollte jemand nicht, dass man dies dort fand. Aber Erika war eine kluge Frau und so ertastete sie die Buchstaben, als wäre es eine Art Blindenschrift, und tatsächlich, da standen Worte. Da Stand Folgendes:

„BUCH 17 ist zu Ende und dein Leben ist verwirkt"

„Dabei konnte es sich nur um einen Scherz handeln", dachte Erika. Es gibt keine Bücher, die töten. Sowas gibt es nur in Hollywood. Dennoch war ihr mulmig zumute. Mit der letzten Seite klappte sie das Buch zu und stellte es ins Regal, wo alle ihre gelesen Werke standen. Es reihte sich neben der Bibel zur Rechten und der Grabrede zum Tod von Hanks Vater zur Linken ein. „Ein komischer Platz für so ein Buch", dachte Erika. „Warum steht denn genau da die Bibel? Ich lese die doch gar nicht. Da hat bestimmt Hank wieder an meiner Ordnung im Regal herumsortiert." Sie hakte es damit ab und ging in die Küche. Hier kümmerte sie sich um das Essen, deckte den Tisch und summte freudig ein Lied. Irgendetwas von den Beatles war es wohl. „You say goodbye and I say hello. ... Hello hello ..." und immer so weiter. Sie liebte die Beatles.

Eine Stunde später wunderte sie sich sehr. Ihr Mann Hank war immer noch nicht da. Dabei war seine Arbeit schon längst beendet. Er musste da sein. Aber auch die Kinder waren nicht da. „Wo stecken die nur wieder? Irgendwann bringen die mich noch ins Grab. Können die nicht wenigstens mal anrufen und sagen, wo sie sind?" Aber nein, das ging nicht. Jetzt machte sie sich Sorgen. „Vielleicht ist etwas geschehen, in der Zeit, in der ich das Buch gelesen habe", dachte sie. „Aber was soll da schon groß gewesen sein. Sonderlich dick war das Buch ja nun nicht und ich hab es in einem Rutsch gelesen. Da fehlten höchstens fünf, vielleicht auch sechs Stunden."

Es waren acht Tage, vier Stunden, sieben Minuten und 23 Sekunden. In dieser Zeit änderte sich alles. Kaum, dass Erika in ihre Welt der Ritter,

Drachen und Burgfräulein abtauchte, brach in der Straße das Chaos aus. Überall lasen die Menschen, sitzend, gehend, stehend sowie liegend dieses Buch. Es war wie eine Epidemie, die sich rasch ausbreitete. Zuerst fiel es gar nicht so auf. Man sah vereinzelt Menschen hier und da mit diesem Buch. Mal sitzend auf der Parkbank, mal stehend am Postschalter. Aber schon am nächsten Tag nahm das Phänomen stetig zu. Die Gruppe der Lesenden hatte sich über Nacht vervielfältigt. Mittlerweile fuhr der Schulbus nicht mehr, weil auch der Fahrer vom Lesefieber durch dieses Buch besessen war. Er vergaß schlichtweg seinen Job. Hinten am Ende der Straße brach ein Feuer aus. Aber die Feuerwehr kam nicht. Der Löschzug stand an der Ampel, und während sie dort so warteten, lasen sie das Buch und verharrten. Das Feuer entzog sich völlig ihrer Realität. Das Buch breitete sich aus. Einem Virus gleich steckte einer den anderen an. Kaum, dass einer lesend an einem nicht Lesenden vorbei kam, verdoppelte sich das Buch und schon hielt auch er eines in Händen.

Am dritten Tag brannten am Ende der Straße bereits drei Häuser. Denn auch die Nachbarn lasen lieber das Buch, als sich um den Brand zu kümmern. Es gab die ersten Opfer zu beklagen. Im örtlichen Krankenhaus legte der Chirurg während der Operation am offenen Herzen das Skalpell beiseite und las dieses Buch. Keine fünf Minuten später saß das ganze OP-Team auf der Bank in der Ecke und vertiefte sich ins Buch. Der Patient verstarb innerhalb weniger Minuten. Der Arzt lachte, weil er etwas Lustiges las, die Oberschwester weinte, denn ihre Geschichte war traurig, und die anderen knufften sich ob der Tatsache, dass ihr Buch so toll war. Vor dem Haus von Hank und Erika lag ein Toter auf der Straße. Niemand kümmerte sich um ihn. Keiner würdigte ihn auch nur eines Blickes. Wie konnten sie auch, denn sie steckten bis über beide Ohren in ihren Büchern. Das Buch zog sie in seinen Bann.

Da kam ein Polizeiwagen die Straße herauf. Er bremste hart und stoppte, weil sich eine Leiche um die Vorderachse des Wagens gewickelt hatte. Die Polizisten stiegen aus und sprachen Hank an. „Sie haben einen Einbrecher gemeldet?" „Ja", antwortete Hank. „Er hat versucht, uns das Buch zu stehlen." Hank musste gar nicht sagen, um welches Buch es sich handelte. Die Polizei wusste sofort Bescheid. Sie schnappten sich den Einbrecher und erschossen ihn auf der Stelle. Einer der beiden Polizisten las von Billy the Kid und fühlte sich wie eben dieser. Und so erschoss er alles, was ihm einen Grund lieferte.

Am vierten Tag war die Straße bereits von zwei Dutzend Leichen gesäumt. Hunde liefen herrenlos durch die Gegend. Autos standen willkürlich geparkt auf den Bordsteinen oder blieben gleich gänzlich auf der Straße stehen. Es war das pure Chaos ausgebrochen. Plötzlich überflog die Siedlung ein Jumbo im Tiefflug. Kurz darauf sah man am Horizont einen Feuerball aufsteigen. Der Pilot hatte eine kurze Pause gemacht und sich das Buch von seinem Copiloten genommen. Darin stand, dass er auf einer Südseeinsel sei, in bis zum Boden durchscheinendem blauem Meereswasser schwamm und sich anschließend die Sonne auf den Bauch scheinen ließ. Und so rührte er den Schaltknüppel im Flugzeug nicht mehr an. Aber auch hinten im Passagierbereich saßen alle Passagiere und lasen dieses Buch. Egal, ob Oma, Opa, Mutter, Vater, Kind, Frau, Mann, Jugendliche, Kleinkind: Jeder hatte dieses Buch in Händen und las.

Am fünften Tag war die Zahl der Opfer auf weit über 50.000 geklettert. Morde standen auf der Tagesordnung. Jeder war bereit zu töten, nur um das Buch weiterzulesen. Auch Hanks Nachbar musste dran glauben. Sein Buch wurde von dem Einbrecher geklaut und von der Polizei als Beweisstück beschlagnahmt. Und so ging Hank kurzerhand zum

Nachbarn, brach dort ins Haus ein, überraschte die Familie beim Essen, erschoss sie allesamt und klaute ihnen das Buch aus dem Schrank. Die ganze Familie hatte sich vehement dagegen gewehrt, dieses Buch zu lesen. Schließlich hat es sie dennoch getötet, wenn auch nur indirekt. Im ganzen Land war der Notstand ausgebrochen. Der Gouverneur hatte das Kriegsrecht verhängt, was allerdings nicht viel half, denn auch die Soldaten wurden von dem B-17 Virus, wie das Buch mittlerweile genannt wurde, befallen. Und so erschossen sie sich gegenseitig, nur um an das Buch zu kommen. Es gab Plünderungen, Jugendliche, die mordend durch die Straßen zogen, Polizisten, die einfach grundlos Leute niederschossen, weil sie gesehen hatten, wie einer dem anderen das Buch stehlen wollte. Weit und breit lagen zerfetzte Leichen herum, weil jeder über sie rüber lief oder sie gar noch nach Informationen auf das Buch durchsuchte. Dabei war keiner zimperlich. Schnell wurde mal ein Arm abgetrennt, weil sich etwas in der Armbeuge verdächtig anfühlte. Es wurde mehr und mehr geschlachtet. Jedes Gefühl von Reue wich einem entsetzlichen Durst nach dem B-17 Virus.

Am sechsten Tag wurde die ganze Stadt hermetisch abgeriegelt und zum Seuchenherd erklärt. Hier soll laut Wissenschaftlern der B-17 Virus ausgebrochen sein. Wer allerdings das Buch zum ersten Mal in Händen hielt, war unklar. Militärpatrouillen fuhren alle halbe Stunde die Straßen ab und beobachteten, wo sich der fiese Mob sammelte. Fanden sie eine solche Anhäufung, wurde gnadenlos in die Menge geschossen. Es durfte nicht riskiert werden, dass der B-17 Virus sich neue Wirte suchen konnte. Zu Anfang erschossen sie nur Gruppen, die mehr als dreißig Mitglieder zählten. Mittlerweile waren sie bei Gruppen von unter zehn angelangt. Um die Seuche einzudämmen, reichte ihnen jedes Mittel. Mal wurden die Infizierten niedergebrannt, mal enthauptet, oder ihnen wurden die Arme abgeschlagen. Aber auch ohne Arme waren sie noch in der Lage zu lesen. Und so kam die Wissenschaft zu Hilfe. Es wurde ein Anti-Impfstoff entwickelt. Das sogenannte Anti Buch 17. Kurz gesagt, das

„AB 17", wurde geschrieben. Darin stand die durchlebte Geschichte der letzten Tage, rückwärts erzählt. Von der Hölle der Selbstjustiz, über das Töten mittels Panzergranaten, die auf Menschentrauben abgefeuert wurden, bis hin zu plündernden und mordenden Jugendgangs, die die Nachbarschaft dezimierten. Es wurde alles haarklein erzählt. Quasi wurde die Geschichte auf den Anfang zurückgeschrieben. Erste Versuche unter Beobachtung zeigten schon Erfolge. Die Menschen entwickelten wieder normale Gewohnheiten. Ja, es gab sogar welche, die dem B-17 Virus entsagten und wieder ein normales Leben aufnahmen. Aber die Masse war immer noch infiziert. Und der B-17 Virus ergriff nicht nur ganz Amerika. Durch Geschäftsreisende verbreitete sich die Seuche auch nach Europa, Asien, wie auch in der ganzen Welt. Sie erreichte jeden Zipfel. Sogar auf der ISS wurde das Buch gelesen. Weshalb die ersten zwei Astronauten der Endlosigkeit des Raumes entgegenschwebten. Sie entstiegen der Raumstation und entsicherten die Verbindung zur ihr.

Am siebten Tag stellten sich endlich erste Erfolge ein. Es wurden öffentliche Bücherverbrennungen angeordnet. Mehr und mehr dieser Bücher fanden den Weg in das Feuer. Um die Infizierten von ihrer Nahrung, dem B-17 Virus, zu trennen, mussten sie interniert werden. Die Stadt, in der Hank und Erika lebten, zeigte sich mittlerweile von oben wie ein Militärlager mit einem großen Internierungslager. Dort standen zahlreiche Baracken, ein Teich war angelegt worden zum Baden, und jegliche Gegenstände, welche ein Verletzungsrisiko bargen, wurden ihnen abgenommen, teilweise auch die Uhren, Brillen, Hörgeräte und Zahnprothesen.

Die Versuche glückten, der Virus wurde zum ersten Mal besiegt. Als feststand, dass dies möglich war, starteten die Flugzeuge. Mittels B-52-Bombern wurde das AB-17 über den Menschen abgeworfen. Mehr und mehr stellte sich die Normalität wieder ein. Das Militär entsorgte die Leichen und verbrannte sie in den Lagern, die ja nun nicht mehr nötig waren. Die Straßen wurden gereinigt von all dem Blut, den herumliegen Augen, Zähnen und Extremitäten. Es kehrte wieder Ordnung ein.

Am achten Tag war alles wie zuvor. Hank und die Kinder spielten im Garten, als Erika völlig entkräftet vom Lesen des Buches in den Garten kam und sagte: „Ach Hank, du musst mal das Buch lesen, es wird dich in seinen Bann ziehen, glaub's mir!" Und so warf Hank einen Blick in das Buch – und es begann von vorne.

»Von dunkler Macht«

Schluchzend stand Betty vor seiner Tür und klingelte. Nach ein, zwei Minuten des verzweifelten Klingelns entstieg Arthur aus seinem Bett. Auf dem Weg zur Tür versuchte er die Dunkelheit abzuschütteln, was ihm jedoch nicht gelang. Als er schließlich den Lichtschalter gedrückt hatte, stellte er mit Entsetzen fest, dass es erst halb drei in der Früh war. „Gott, welcher Hurensohn klingelt denn um diese Zeit an meiner Tür", dachte Arthur. Dank eines flüchtigen Blickes durch den Türspion machte er Betty aus, seine Arbeitskollegin. Er öffnete die Tür, aber noch mit Vorhängekette. Sie wollte sogleich eintreten, wurde aber von eben dieser Kette daran gehindert. »Lass mich rein«, rief sie. »Ich will weg von diesem Flur. Arthur wirkte verstört. „Was mochte sie nur wieder getrieben haben in der Nacht", ging es ihm durch den Kopf. Schließlich entsperrrte er die Tür und ließ sie eintreten.

Am ganzen Leib zitternd marschierte sie schnurstracks an ihm vorbei und verkroch sich augenblicklich auf einem seiner Sessel. Hier warf sie sich eine Decke über und lugte darunter hervor. „Sag mal, verfolgt dich wer oder was ist das für eine Maskerade, die du hier abziehst?", fragte er Betty. Doch sie schwieg. Es dauerte fast zwei Stunden, bis er sie dazu gebracht hatte, ihm zu erzählen, warum sie so verstört wirkte. „Arthur", sagte sie, „hast du einen Cognac für mich oder irgendwas Stärkeres?" Arthur ging an seinen Sekretär, klappte ihn auf und holte daraus eine Flasche Gin hervor. Er goss zwei Finger breit in ein Glas und gab es ihr. Ohne es zu genießen, schüttete sie den Schnaps herunter. So ging er erneut zum Sekretär und holte die Flasche. Betty schenkte sich nach; diesmal allerdings randvoll. Wieder trank sie alles auf einen Schluck leer und starrte ihn dann mit reglosen Augen an. Schließlich fragte sie ihn:

„Wie lange arbeiten wir jetzt schon zusammen beim New York Journal?"
Arthur fasste sich an den Kopf, kratzte sich etwas und sagte schließlich:
„Dass müssen so an die elf Jahre sein." „Bist du in dieser Zeit jemals auf
einer anderen Etage gewesen als der von unserem Büro und dem
Restaurant im 18. Stock?«, fragte sie ihn. „Nein, eigentlich nicht. Was
sollte ich auch woanders? Warum fragst du mich das?" Betty schaute
ihm tief in die Augen und berichtete darüber, was sie gesehen hatte.

Durch einen technischen Defekt am Fahrstuhl fuhr dieser anstatt nach
oben nach unten. Und so erreichte Betty zum ersten Mal, seit sie in dem
Bürokomplex arbeitete, das 4. Untergeschoss. So recht verstanden hatte
sie es nicht, denn laut Schaltern gab es nur zwei Etagen unterirdisch und
diese waren für die Tiefgarage belegt. Aber nun hielt der Fahrstuhl in
Etage -4. Jedenfalls stand das auf der Anzeige oberhalb der Tür.
Unbehagen ergriff von ihr Besitz. „Das war doch gar nicht möglich, dass
der Fahrstuhl tiefer fuhr, als es Stockwerke gab", dachte sie. „Was soll
ich jetzt nur tun: aussteigen oder lieber hier verweilen?" Sie entschloss
sich für das Aussteigen. Der Flur wirkte wie ein langer breiter Gang,
gesäumt von einigen Lampen, welche in den Boden eingelassen waren.
Türen waren bis auf die Drei am Ende des Ganges keine auszumachen.
Und so ging sie weiter. Die Wände waren kalt wie in einem Eisschrank.
Ihr fröstelte und so versuchte sie, diese nicht ein zweites Mal zu
berühren. In ihrer Handtasche vibrierte plötzlich ihr Handy. Sie holte es
heraus, schaute auf das Display und seufzte nur: „Ach, wieder Mark.
Mist, was war heute bloß für ein Tag?" Ach herrje, sie hatte das Date mit
ihm vergessen! „Wie konnte das nur geschehen? Diese Arbeit, die wird
mich irgendwann noch auffressen. Nun ist es eh zu spät", dachte sie und
so steckte sie ihr Handy wieder ein.

Betty staunte, als sie den Flur so betrachtete. Er wirkte regelrecht sauber und das, obwohl sie irgendwo in den Versorgungssystemen herumschlich. „Na endlich", dachte sie, „eine Tür. Der Flur ist wirklich lang." Er maß gute 23 Meter. Vorsichtig drückte sie die Klinke herunter, öffnete die Tür und das Herz blieb ihr stehen. In dem Raum liefen eifrig ein paar Männer hin und her. Was genau sie da taten, wollte Betty gar nicht wissen. Es ließ ihr das Blut in den Adern gefrieren. „Oh mein Gott, warum musste ich Esel auch unbedingt wissen, wohin dieser Flur führt? Warum bin ich nicht einfach wieder nach oben gefahren? Dann hätte ich das alles gar nicht gesehen. Was soll ich jetzt nur machen?" dachte sie. Doch niemand bemerkte ihre Anwesenheit. Wieder und wieder holten die Männer Blutbeutel aus dem Nachbarraum, schnitten sie auf und gossen alles in den im Boden eingelassenen Rost. „Das ergibt doch gar keinen Sinn", dachte sie. „Warum sollte jemand das gespendete Blut weggießen? War es gar verseucht und sie war per Zufall einem Skandal auf die Schliche gekommen? Sie mochte sich die Konsequenzen gar nicht erst ausmalen. Nur, weil sie so unvorsichtig war und sehen wollte, was hinter der Tür stattfand. Langsam ging sie wieder zur Tür, öffnete diese und trat erneut in den Flur. „Puh!", seufzte sie tief. „Da hab ich ja gerade noch mal die Kurve gekriegt." Anschließend, lief sie so schnell sie konnte, zum Fahrstuhl. Als sie dort wartete, sah sie über die Anzeigentafel, dass der Fahrstuhl zu ihr nach unten kam. Sie wollte nur noch weg von diesem grausamen Ort. Schon im nächsten Moment öffneten sich die Türen des Fahrstuhls und sie sprang sogleich hinein. Dann drückte sie „E" für Erdgeschoss und betete, dass der Fahrstuhl sich beeilen möge. Als die Türen zuglitten, hörte sie zwei Männer reden. Leider klang nun alles dumpf, aber sie vernahm noch, dass das Ganze ein Experiment war. Einer von beiden sagte schließlich: „Dass die Monique aus der Telefonzentrale verschwunden ist, hat noch keiner gemerkt. Also können wir an unserem Plan festhalten." – „Monique ist gar nicht zu ihrer Mutter nach Paris geflogen?" dachte sie laut. „Das ist alles nur ein Schwindel? Aber wo ist sie dann? Die müssen sie haben, aber wer sind die?" Eigentlich wollte sie das gar nicht wissen. Je mehr Distanz sie zwischen sich und diesen dunklen Keller bringen konnte, desto besser bekam sie Luft. Endlich war es so weit und sie befand sich im Entree des Gebäudes. „Hector, der Nachtwächter, begrüßte sie freudig gestimmt mit: „Hallo Betty, machst du wieder einmal mit mir die Nachtschicht?" Sie blickte nur zu Boden und nickte verstört. „Raus, ich will raus aus diesem Irrenhaus. Raus und weit weg", dachte sie. Aber wo sollte sie hingehen und wer sollte ihr diese Geschichte glauben? Die Antwort darauf gefiel ihr nicht. Die Polizei würde sie für verrückt erklären und Molly, ihre Chefin, würde sie zwangsweise in den Urlaub schicken. Das konnte sie im Moment gar nicht gebrauchen, denn sie hob die noch übrigen Urlaubstage für das Weihnachtsfest auf. Was sollte, nein, was konnte sie tun?

„Ich kann zu Arthur gehen", murmelte sie laut vor sich hin. Immerhin teilen wir seit über zehn Jahren schon das Büro miteinander. „Er wird mir helfen, hoffe ich. Aber wird er mir auch glauben?" Diese Frage stand im Raum und beantworten konnte sie nur er selbst. „Wo wohnte er gleich noch? Ah, hier steht's in meinem Terminkalender: 42ste Straße. Gerade mal eine Querstraße von der Arbeit entfernt." Nun hatte sie genug getrunken und begann, Arthur alles zu erzählen. Sie schmückte nichts aus, wie es sonst ihre Art war, und dennoch wirkte es wie Science-Fiction. Als sie dies erledigt hatte, blickte Arthur sie mit leeren Augen an und meinte nur: „Gib mir mal die Flasche. Ich könnte jetzt auch einen vertragen." Sie saßen noch lange so da und schauten sich wortlos an. Ein wenig später stand Arthur auf, blickte zu ihr herunter und sagte schließlich: „Wir müssen mehr darüber herausfinden. Wenn wir damit an die Öffentlichkeit gehen wollen, dann sollten wir schon wissen, über was wir hier reden." Er hatte vermutlich recht, dennoch war Betty nicht ganz wohl bei der Sache. Schließlich würde das heißen, sie müssten nochmal hinunter in den Keller. Aber diesmal wäre sie nicht allein. Arthur glaubte ihr die Geschichte, wenn er zu Anfang auch Mühe damit hatte. Aber das Ganze wirkte so real, wie Betty es ihm erklärte, dass da was dran sein musste. Sowas saugte man sich nicht aus den Fingern und welchen Grund sollte sie dafür auch haben. „Betty", fing er ein wenig zaghaft an. „Wie hast du morgen Dienst", fragte er sie schließlich. „Ganz normal wie immer, von 08:00 – 16:00 Uhr", antwortete sie ihm. „Lass uns mal um 16:30 Uhr draußen auf dem Parkplatz treffen. Da bereden wir dann, was wir als Nächstes machen werden, okay?" Sie willigte ein. Mit einem Verbündeten an ihrer Seite wiegte das Ganze nicht mehr so schwer, als wenn sie alleine wäre. „Willst du heute Nacht hier schlafen?", fragte er Betty. Diese nickte mit gesenktem Kopf und sagte: „Aber nur, wenn es dir keine Umstände macht." „Ach nein", sagte er darauf und ging sogleich ins Schlafzimmer und holte Bettzeug für die Couch. „Du schläfst in meinem Bett und ich hier im Wohnzimmer, okay", entschied er. Betty nickte abermals und freute sich innerlich. Sie fühlte sich in seiner Nähe schon immer geborgen. Obwohl er ein paar Jahre älter war, hatte sie viel für ihn übrig, was er allerdings nie wirklich bemerkt hatte.

Gerade einmal zwei Stunden später wachte Betty schweißgebadet auf. Sie hatte einen Albtraum. Sie träumte von diesem Kellerraum und all dem Blut, was dort in den Abfluss gegossen wurde und dass sie jemand bemerkt hatte. So rannte sie um ihr Leben, wurde aber letztendlich gefasst und in eben diesen Raum gebracht. Er stank bestialisch nach Blut. Sie bekam das Würgen, aber durfte sich nicht übergeben. Eine Stimme hinter ihr verbot das. Sie wagte es nicht, sich umzudrehen und so gehorchte sie.

„Wo bin ich?", rief sie laut. Da stand auch schon Arthur an ihrem Bett und beruhigte sie. „Du hast geträumt. Hast von irgendwas geredet, was ich aber leider nicht verstanden habe", sagte er zu ihr. Betty bat ihn, ihr ein Glas Wasser zu holen. Sogleich sprang er auf, eilte in die Küche und kehrte damit zurück. „Arthur, mir lässt das, was ich gesehen habe, keine Ruhe. Würdest du mich für verrückt halten, wenn ich dir vorschlagen würde, dass wir jetzt dorthin gehen und diesen Raum aufsuchen?" Arthur schaute sie pikiert an und sagte nur trocken: „Warum nicht zur Geisterstunde heute Abend. Wäre das nicht stilechter, Betty?" Sie ärgerte sich über seine Aussage und drehte sich von ihm weg. „Du nimmst mich gar nicht ernst", sagte sie schließlich. „Glaubst du, ich hab mir das ausgedacht? Ich wünschte, es wäre so, aber nein. Ich habe das wirklich gesehen. Und du musst zugeben, da stinkt was gewaltig." Arthur gab ihr ohne Umschweife Recht und sagte nur: „Rock ›n ‹Roll Baby!"

Gegen fünf Uhr saßen sie gemeinsam in der Küche und schmiedeten einen Plan für ihre Unternehmung. Das Hineingelangen in das Gebäude stellte keine Herausforderung dar. Hector kannten sie beide gut. Der würde keine Fragen stellen, denn schließlich kam es immer mal wieder vor, dass sie auch in der Nacht tätig waren. Viel fraglicher war da schon der Umstand mit dem, was sie dort unten erwarten würde. Arthur ging kurz raus und kam zurück mit einem Revolver, welchen er sich ganz lässig hinter seinen Ledergürtel gesteckt hatte. Betty sprang auf und sagte nur: „Mann, Arthur, wir wollen da keinen töten! Wir sind Reporter, keine Helden!" Doch Arthur ließ sich nicht beirren. Schließlich gab die Waffe auch ein Stück weit Sicherheit. Er nahm sie mit. Sie packten sich noch zwei Sandwiches ein, zogen sich ihre Jacken an und schon ging's los. Da Arthur nicht weit entfernt wohnte, standen sie bereits zehn Minuten später in Sichtweite zum Gebäude. Sie hakten noch einmal kurz die Checkliste ab, bestätigten alles mit „JA" und brachen auf ins Abenteuer.

Hektor saß am Empfang und begrüßte sie freundlich mit: „Schönen guten Abend, Arthur, schönen guten Abend, Betty. Was treibt euch denn schon zu so früher Stunde an den Arbeitsplatz?" Arthur entgegnete ihm nur wortkarg: „Neue Story!" und winkte ab. Mehr brauchte Hector nicht. Die beiden gingen in den Fahrstuhl und wollten gerade nach unten fahren, als sie sahen, dass es nur zwei Knöpfe für Untergeschosse gab. Tiefgarage 1 und Tiefgarage 2. „Wie bist du doch gleich in diese ominöse Etage 4 gefahren, Betty?", fragte Arthur sie etwas spöttisch. „Ich wollte nach oben und der Fahrstuhl fuhr entgegengesetzt." – „Vielleicht ist ja genau dass das Rätsel. Wir drücken mal die 4 und schauen, was passiert." Kaum, dass er dies getätigt hatte, fuhr der Fahrstuhl tatsächlich in den Keller. Es pingte bei Erreichen des 4. Untergeschosses. Sie stiegen aus, liefen den Flur entlang zu der besagten Tür, öffneten diese und sahen in einen tipptop gereinigten Raum voller Kartons mit Druckerpapier, Tonern, Klopapier und vielem weiteren Verbrauchsmaterial. Arthur fühlte sich etwas verarscht. „Was zur Hölle hast du hier gesehen, Betty? Beschreib das doch bitte noch mal ganz langsam", sagte Arthur. Betty hob die Hände, zuckte mit den Schultern und war sprachlos. „Wohin sind all die Spuren", fragte sie sich in Gedanken. „Jemand musste aufgeräumt haben, damit es keiner entdecken konnte", durchfuhr es sie. Betty überlegte, sie hatte einmal in einer Krimiserie gesehen, dass Blut noch Jahre später nachweisbar war. Aber dafür brauchten sie Schwarzlicht und das hatten sie nicht dabei. Während die beiden noch darüber nachdachten, wie sie hier Beweise finden konnten, knarrte von gegenüber das Scharnier der Tür. Die beiden schauten sich entsetzt an und flüsterten gleichzeitig: „Verstecken!" Arthur kroch unter eine Bahre, Betty kletterte in den

Schrank mit den Proben. In dem Bruchteil von einer Sekunde schaltete Betty noch das Licht aus. Der Raum lag still, als sich die Tür öffnete. Herein kam ein Mann in blauem OP-Kittel. Er war über und über mit Blut besudelt, jedenfalls sah es wie Blut aus, welches Arthur aus seinem Augenwinkel dort erblickte. In seinem Kopf lief ein Film ab. „Sie hatte also doch recht gehabt mit ihrer Story. Aber was zur Hölle läuft hier ab und woher ist das ganze Blut?" fragte sich Arthur.

Der Mann im OP-Kittel ging ans Waschbecken hinten in der Ecke des Raumes und wusch sich die Hände sauber. Da schwang die Tür erneut auf und herein kam ein weiterer Mann. „Hey, Pete, was machst du denn hier? Ich dachte, du hast heute frei?" – „Nein, leider nicht, Jack. Der Boss ist durstig und so muss ich mithelfen, damit er seinen Durst stillen kann." „Gute Wahl", entgegnete ihm Jack. „Mich wundert ja, dass den Mitarbeitern aus den Büros noch gar nicht aufgefallen ist, dass es gar keine Putzfrauen mehr gibt", sagte Pete. „Ach die, die merken doch eh nichts. Nicht einer von denen hat sich bis heute darüber gewundert, dass so viele Unfälle im Haus passieren", erwiderte ihm Jack. „Stimmt, da hast du recht. Hier mal eine Fliese, die hochsteht, und dort eine Tür, die sich wie von Geisterhand schließt. Menschen, pah, die dümmsten Geschöpfe der Welt!"

Arthur, der alles mit angehört hatte, bekam Schweißausbrüche. „Was sollte das heißen: Menschen, die dümmsten Geschöpfe der Welt", fragte er sich. Immerhin waren sie selbst ja auch welche. Er wurde unruhig und die Neugier übermannte ihn. So reckte er seinen Hals, um besser sehen zu können, als ihn plötzlich das Gefühl überkam, jemand beobachtet ihn. Sein Herz rutschte ihm in die Hose und er wurde kreidebleich. Der größere der beiden, die da hantierten, ergriff Arthurs Arm und zerrte ihn ins Licht. „Na sieh mal einer an, wen haben wir denn da?", fragte Jack.

Darauf sagte der andere: „Endlich gibt es wieder frisches Fleisch. Lass ihn uns mitnehmen und aufhängen für später." Arthur hatte schreckliche Angst. Der Schweiß lief ihm in Strömen über den Körper, seine Hände zitterten und er wollte nur noch weg und dieser grauenvollen Situation entfliehen. Betty konnte durch einen Luftschlitz in der Schranktür alles mit ansehen, wagte es jedoch nicht, sich zu bewegen. So war es ihr möglich, die beiden Männer zu beobachten, was sie dort mit Arthur trieben. Noch wirkte alles normal.

Die Wände durchfuhr ein grauenvolles tiefes Stöhnen. Betty hätte schwören können, dass es klang wie ein Tier. Sehen konnte sie nichts, bis sie spürte, wie sich die Wand hinter dem Schrank in den Raum drückte. Sie erschrak und wollte schreien. Da biss sie sich mit aller Kraft in die Hand. Durch diesen Schmerz verbot sie quasi ihrem Körper, laut zu werden. Die Wände verformten sich weiter. Nun konnte sie es auch an der gegenüberliegenden Wand sehen. Es wirkte fast so, als wenn irgendetwas durch die Wände kroch. Aber wie sollte das möglich sein? Durch festes Mauerwerk kann man sich nichts bewegen. Dennoch, ihre Augen spielten ihr keinen Streich, das war ihr bewusst. Es wirkte grauenvoll. Das Licht begann zu flackern, als plötzlich an mehreren Stellen die Wand aufbrach und Blut herauslief. Betty biss sich noch stärker in die Hand, schloss die Augen und versuchte zu verdrängen, dass das gerade passierte. Sie fühlte sich, als wäre sie in einem Horrorfilm gefangen. „Oh Gott, wie sollte es Arthur nur gehen?", dachte sie. „Schließlich ist er da bei den beiden Männern und muss alles hautnah miterleben." Sie fasste einen Plan. Vielleicht gab es eine Möglichkeit, wie sie den beiden Männern entfliehen konnten. Schließlich wussten diese nicht, dass sie im Schrank stand und alles mit anhörte.

Die Wand brach nun gänzlich auf und hervor kam ein schwarzer, dicker, hässlicher Wurm mit riesigen Zähnen. Er kroch in den Raum hinein und biss Arthur den Oberkörper bis zum Rumpf ab. Betty schossen Tränen in die Augen und sie wimmerte leise in sich hinein. „Wie kann das nur wahr sein? So etwas gibt es nicht, Würmer in der Wand, die sich durch das Mauerwerk bewegen und Menschen fressen. Das sind Hirngespinste." Sie musste träumen. Das durfte einfach nicht real sein. Bettys Blase gab nach und so urinierte sie in den Schrank. Sie zitterte sehr, biss sich in den Arm, bis es blutete, und betete zu Gott: „Bitte, bitte, bitte, lass mich diesen Wahnsinn überleben!" Als sie ihre Augen, welche sie kurzfristig geschlossen hatte, weil sie es nicht mehr ertragen konnte, das mit anzusehen, wieder öffnete, war der Wurm aus dem Raum entschwunden. Alles wirkte wieder sauber, die Männer waren fort. Betty bekreuzigte sich, öffnete den Schrank und trat ins Licht. Arthur war weg. Betty ging langsam in Richtung Tür, als sie plötzlich stürzte. Sie schaute an sich herunter, um zu sehen, worüber sie gefallen war und dann sah sie die Beinstümpfe von Arthur auf dem Boden liegen. Da schrie sie auf: „AAAARRRRGGGGHHHH!!!!", und begann zu laufen. Sie lief den Flur hinunter zum Fahrstuhl und drückte hier wie wild die Taste zum Öffnen. Aus ihren Augenwinkeln sah sie, wie etwas den Flur hochkam. Es folgte ihr etwas, jemand, sie konnte es nicht erkennen. Ihre Augen tränten und sie wendete sich ab. Die Tür des Fahrstuhls glitt auf und sie sprang hinein. Beim Schließen derselben sah sie, wie eine grauenvolle Fratze auf sie zukroch. Ihre langen fleischbehangenen Arme versuchten noch in den Schlitz zwischen die Türen zu greifen, aber da setzte sich die Kabine schon in Bewegung. Das Gewürm wurde abgeschnitten, als der Fahrstuhl das Stockwerk passierte. Betty legte ihr Gesicht in die Hände und schüttelte sich. Sie konnte einfach nicht fassen, was da gerade passiert war. Arbeitete sie in der Hölle und wusste es nur nicht? Ihr schossen Millionen von Gedanken durch den Kopf. Nie wieder wollte sie auch nur einen Fuß in dieses Gebäude setzen. Als der Fahrstuhl im Erdgeschoss hielt, wurde sie schon von Hector empfangen.

„Hallo Betty", sagte er freundlich. „Wie geht es Ihnen?", fragte er. Betty war immer noch kreidebleich mit schmerzverzerrtem Gesicht. Warum war Hector nur so ruhig, gehörte er auch dazu, was war hier los, wem konnte sie noch trauen, gab es hier überhaupt Menschen im Gebäude oder arbeitete sie für den Satan? Betty rannte im Entree herum, taumelte, schrie und taumelte wieder. Ihr Handy, ja, das hatte sie noch. Sie könnte die Polizei rufen, und genau das tat sie und brach bewusstlos zusammen.

Als die ersten Sonnenstrahlen sie weckten, blinzelte Betty noch etwas benommen und fragte sich sogleich, wo sie war. Das Erste, was sie tat: Sie inspizierte den Raum nach möglichen Waffen. Vor ihr entdeckte sie ein Brotmesser. Das krallte sie in ihre Hände, sprang aus dem Bett und stach dem Pfleger sogleich das Messer in den Augapfel. „Du Bestie wirst mich niemals kriegen!", schrie sie lauthals heraus. Der Pfleger spuckte Blut und krepierte vor ihren Augen. Betty zog das Messer wieder heraus und stach noch dreißig Mal in sein Gesicht ein. „Aaaarrrrgggghhhh!!!, ich töte dich, du Wurm. Mich bekommst du nicht, aaaarrrrgggghhhh!!!!" Anschließend lief sie blutverschmiert den Gang hinunter. Der Flur maß 23 Meter und hatte am Ende drei Türen. Sie suchte Arthur, konnte ihn jedoch nicht finden. Pfleger rannten auf sie zu. Betty jedoch sah nur zwei Männer mit ekligen Fratzen anstelle von Gesichtern. Und so sprang sie ihnen entgegen und fuchtelte wild mit dem Messer vor ihren Augen. Eine Schwester injizierte ihr Valium, intravenös, und kurze Zeit später kippte sie ins Koma.

Tief im Delirium bekam nur noch ihr Unterbewusstsein Fetzen von den Gesprächen um sie herum mit. Da fielen die Worte: „Sie hatte wieder einen Rückfall. Sven ist tot, sie hat ihn niedergestochen mit den Worten „Du bekommst mich nicht, du Wurm." Der Doktor der Nervenheilanstalt protokollierte: „Patientin Betty Mindhurst, 31 Jahre alt, von Beruf ehemals Reporterin beim New Yorker Journal, leidet an einer schweren Psychose. So bildet sie sich ein, ein großer schwarzer Wurm käme aus der Wand und würde ihren Arbeitskollegen bis auf den Beckenknochen abfressen. Die Pfleger, die ihr dann zu Hilfe eilen, identifiziert sie als Pete und Jack, zwei widerliche Helfer des Satans, und attackiert diese auch sofort."

Tag: 17.11.2012

Patientin Betty Mindhurst musste wieder fixiert werden. Sie hatte sich in der Nacht das Gesicht von ihrem Schädel gekratzt und mit Blut auf den Boden geschrieben: „Du Wurm, mich bekommst du nicht!"

Das Trauma wurde ausgelöst durch den tragischen Tod ihres ehemaligen Arbeitskollegen Arthur Blacksmith. Wie es zu der teuflischen Verkettung mit dem Wurm in der Wand kam, ist bis heute rätselhaft. Ihre maßlose Fantasie sucht ihresgleichen. Denn sie kann dieses Geschöpf auf den Zentimeter genau beschreiben.

Beschäftige mich seit drei Jahren mit Betty Mindhurst. Meine Prognose lautet: „Lebenslanger Aufenthalt, da sie gemeingefährlich, auch sich selbst gegenüber, ist."

… Tagebuch von Betty Mindhurst…

„Paige in der großen Stadt"

Paige war neu in der Stadt, der Stadt, die niemals schläft. New York war schon immer ihr Traumziel, um einmal Karriere zu machen und heute war es so weit. Ihr Ziel wurde zur Realität. Gerade erst hatte sie einer dieser Greyhounds ausgespuckt und so stand sie da, am Rande des Bürgersteigs. Auf ihrem Rücken der alte Lederrucksack, den schon ihre Mutter trug, als sie damals, etwa in ihrem Alter, durch die Welt zog. Bekleidet war sie mit einem quergestreiften Strickpulli, einem schwarzen Faltenrock, ihrer Brille sowie einer frechen Mütze. Diese wurde ihr einst von ihrer Großmutter vererbt, was übrigens das Einzige war, was diese ihrer Enkelin vererbte. Halt, so ganz stimmte das ja nicht. Da war noch der Zettel mit den sinnlosen Zahlen darauf:

5, 7, 11, 13, 15, 17

Obwohl es schon über drei Jahre her war, seit Großmutter Eyre von ihr ging, stieg Paige bis heute nicht dahinter, was es mit diesen Zahlen auf sich haben könnte. Und nun war sie in New York. „New York, New York", brüllte sie in die Menge von Menschen, die an ihr vorbeirauschte, aber niemand nahm Notiz von ihr. Kurze Zeit später griff sie in die Tasche, holte den handgeschriebenen Zettel von ihrer Mutter heraus und las, was darauf geschrieben stand:

„Liebe Paige, wenn Du in New York wohlbehalten angekommen bist, dann mach Dich sogleich auf die Suche nach Onkel Hank. Er ist Bankberater bei „Blacksmith & Forge". Das Gebäude, in dem er arbeitet, liegt etwa zwei Blocks von der Haltestelle des Greyhounds entfernt. Gehe dazu in südliche Richtung."

Kaum gelesen schwang Paige herum und machte sich auf den Weg. Da sie seit ihrer jüngsten Kindheit bei den Pfadfindern war, wusste sie nur zu genau, wie man den Weg nach Süden bestimmen konnte. Geschätzte zehn Minuten später erreichte sie bereits das Gebäude der Firma, für die ihr Onkel tätig war. Es war ein imposantes Gebilde. Schon die Eingangshalle mit ihren riesigen Marmorsäulen brachte sie zum Staunen. Zielsicher ging sie zum Empfang. Hier saß eine etwas kräftigere Frau mit roten lockigen Haaren. Heather war ihr Name, jedenfalls stand das auf dem kleinen Schildchen an ihrem Revers. Paige sprach sie freundlich, aber bestimmt an: „Heather, ich heiße Paige und bin die Nichte von Herrn Renner. Er erwartet mich. Wo und in welcher Etage finde ich ihn?" Heather war ganz erfreut, dass sie von einer so hübschen und zugleich jungen Frau angesprochen wurde. Sie tippte den Namen „Renner" in ihren Computer. Dieser zeigte ihr kurz darauf an, dass der Onkel der jungen Frau in der 18. Etage des Gebäudes sein Büro hatte. Hinter dem Namen stand der Status des jeweiligen Mitarbeiters. Anhand dessen war abzulesen, ob die Person sich noch am Arbeitsplatz befand, in der Mittagspause beim Essen verweilte oder bereits Feierabend hatte. Laut Protokoll war Herr Renner noch in seinem Büro. Kurz darauf sagte Heather zu Paige: „Soll ich Ihren Onkel anrufen

und Sie schon einmal anmelden, damit er Bescheid weiß?" – „Nein",
sagte Paige energisch. „Ich möchte ihn überraschen, denn er rechnet
heute noch nicht mit mir. Ausgemacht war erst morgen, aber dank ein
wenig Glück, konnte ich einen früheren Bus ergattern." – „o. k.",
antwortete Heather ihr. Dann sagte sie: „Die Aufzüge sind gleich da
drüben", und deutete mit ihrer Hand etwa fünfzehn Meter weiter nach
rechts auf die schräg gegenüberliegende Seite. Paige bedankte sich bei
ihr und ging schnellen Schrittes zu den Fahrstühlen hinüber. Drei Stück
waren dort vorhanden. Zwei breite Große und ein kleinerer. Da Paige
eine junge Frau von klaren Entscheidungen war, überlegte sie nicht
lange und beschloss den Ersten zu nehmen, dessen Türen sich öffnen
würden.

Keine zwei Minuten später erklang eine kleine Klingelmelodie und die
Fahrstuhltüren schoben sich zur Seite. Sie trat ein und drückte den
Knopf mit der Achtzehn darauf. Paige war guter Laune. Im Fahrstuhl
selbst spielte klassische Musik. Sie schätzte, dass es sich dabei um den
„Rosenkavalier" von Strauss handelte. Die Melodie ertönte abermals und
sogleich schlossen sich die Türen. Oben über den Türen war an einer
Leuchttafel abzulesen, welche Etage der Fahrstuhl aktuell passierte:

„5, 7, 11, 13, 15, 17"

Hier stoppte der Fahrstuhl. Paige las die ganze Zeit aufmerksam die Nummern, die sich dort oben zeigten. Diese waren die Gleichen, wie die auf dem Zettel, welchen ihr die Großmutter vererbt hatte.

„Das konnte doch kein Zufall sein", dachte Paige. „Und warum bleibt der Fahrstuhl in der 17. Etage stehen? »Vielleicht", so dachte sie, „hatte jemand in der besagten Etage nach einem Fahrstuhl gedrückt und so hielt er nun hier an, um ihn aufzunehmen." Die Türen schwiegen. Es folgte auch keine Melodie, welche ankündigen würde, dass die Türen sich öffnen würden. Nichts, einfach nichts tat sich. Je länger diese Stille andauerte, desto mehr dachte Paige über die Situation als solche nach. „Warum zum Beispiel zeigte die Tafel nur diese Stockwerke an, warum nicht auch die anderen? Was geht hier vor?" Paige blieb gelassen. Durch das jahrelange Training im Pfadfinder-Camp war sie auf solche Situationen geschult. Es galt herauszufinden, woran es lag, dass der Fahrstuhl hier stoppte, auf der 17. Etage und einfach nicht weiter fuhr. Paige zog einen Flunsch. Das tat sie immer, wenn sie nachdachte. Dann rollte sie mit den Augen, was zum Ausdruck brachte, dass ihr die aktuelle Situation missfiel. Aber das alles half nichts. Der Fahrstuhl stand.

Eine gefühlte Ewigkeit später erklang die Melodie und die Türen öffneten sich. Erleichtert atmete Paige tief aus. Sie blickte auf, und vor den Türen stand ein Mann mit dem Rücken zu ihr. Er trug einen schwarzen Bowler, einen Regenschirm sowie einen beigefarbenen Regenmantel. Seine

Schuhe waren von braunem Lehm bedeckt, was komisch war, denn schließlich befanden sie sich in einem Bürogebäude und nicht auf einer Baustelle. Paige war etwas verwirrt. Der Mann sagte nichts. Paige stellte sich in eine Ecke der Fahrstuhlkabine und wartete ab. „Warum schließen sich die Türen nicht wieder und bringen mich in die 18. Etage zu meinem Onkel?", dachte sie. Dieses Warten machte sie nervös. Sekunden verrannen und nichts geschah. Paige kam es vor, als stünde sie eine Ewigkeit in dieser Ecke. Immer wieder blickte sie auf den Mann. „Steht er in der Lichtschranke, oder warum gehen die Türen nicht zu?", überlegte Paige. „Sollte ich ihn ansprechen? Aber vielleicht möchte ich gar nicht sein Gesicht sehen." Mehr und mehr stieg Panik in ihr auf. Sie wollte es nicht, aber der Drang nach einer Lösung dieser Situation drückte ihr die Kehle zu. „Vielleicht sollte ich an ihm vorbeigehen und einfach die Feuertreppe nehmen? Nein, er würde es merken, mich ansprechen und genau das will ich ja gar nicht. Aber ich muss was tun." Schweißperlen rannen ihr über die Stirn. Ihre Hände wurden feucht, sie schwitzte. Die Situation war bis aufs Mark angespannt. Kälte kroch ihr den Rücken hoch. Sie konnte sich dem allem nicht entziehen.

Zack – der Mann drehte sich um und sah sie an. „Paige, vermute ich?", sagte er zu ihr. Er flüsterte nur. Fast hätte sie es gar nicht gehört, aber bei Nennung ihres Namens drehte sie sich ungewollt in seine Richtung. Sie spürte die Kälte noch mehr in ihr aufsteigen. Der Fremde stieg in den Fahrstuhl ein, stellte sich in die gegenüberliegende Ecke und stützte sich auf seinen Schirm. „18. Etage?", fragte er sie. Doch Paige war starr vor Angst. Er hatte seinen Hut so tief in sein Gesicht gezogen, dass sie seinen Blick nur spürte, aber nicht erwidern konnte. „Warum schaute er zum Boden und nicht in mein Gesicht?", fragte sich Paige. Aber innerlich war es ihr bewusst, dass sie genau das gar nicht wollte. Da erklang die Melodie zum Schließen der Türen. Sie glitten zu. Als nur noch ein dünner Spalt Licht vom Flur in den Fahrstuhl drang, klemmte der Mann seinen Regenschirm zwischen die Türen. So verhinderte er, dass sie sich schlossen, schlimmer noch, sie öffneten sich erneut. Paige war sauer und verängstigt zugleich. Sie traute sich kaum, ihre Lippen zu bewegen, und doch tat sie es: „Warum machen Sie das?", fragte sie den Mann. Doch dieser zeigte daraufhin keinerlei Regung. Paige war verunsichert und so drückte sie sich noch weiter in die Ecke. Fast so, als könnte sie sich mit genug Druck aus der Kabine drücken und der Situation entrinnen. Doch es half nichts. Sie war eine Gefangene des Raumes.

Da, sie blickte einen kurzen Moment den Flur hinunter, welcher sich ihr nun zeigte. Es kamen viele weiß gekleidete Männer auf den Fahrstuhl zugelaufen. Sie kämpften regelrecht darum, wer als Erster den Fahrstuhl erreichen würde. Aber was war das? Die Männer, sie hatten keine Gesichter, nur weißgraue lange Köpfe, welche sich aneinander drückten. Paige war entsetzt. Ein letzter normaler Gedanke schoss durch ihren Kopf:"Warum schließen die Türen nicht?" Kaum gedacht quetschten sich auch schon die ersten gesichtslosen Köpfe in die Kabine. Immer mehr drangen in den Raum ein. Fünf, sieben, elf, dreizehn, fünfzehn, siebzehn Gestalten fluteten den kleinen Fahrstuhlraum regelrecht. Die Melodie ertönte, die Türen schlossen sich und der Fahrstuhl setzte seinen Weg fort. Paige kauerte einem Häufchen Elend gleich in der Ecke. Sie drückte ihr Gesicht in die Fuge, atmete schwer und hektisch zugleich. „Was war das, was da eingestiegen ist?", schoss es ihr wieder durch den Kopf. Ihre Glieder waren kalt, kalt und schwer. Sie presste die Finger vor ihr Gesicht, um ja nichts von der Situation hinter ihr mit ansehen zu müssen. Jedoch waren ihre Ohren frei und so hörte sie, wie das Grauen sie ansprach. „Paige, P-a-i-g-e, PAIGE", die Stimmen waren tief, hoch, flüsternd, schrill, schreiend, ergreifend, wegstoßend, alles zugleich. Da hörte sie ein Kratzen von Fingernägeln an den Wänden. Es schabte, es kratzte. Paige konnte nicht erkennen, ob etwas hinaus oder etwas hinein wollte. Ihre Finger pressten sich mehr und mehr in ihr Gesicht. Die Fingerspitzen waren schon blau vom Drücken, aber sie presste weiter.

Hinter ihr drückten sich die weißen Gestalten wie eine Gruppe Fische, die spürte, dass ein größerer Fisch in ihr Territorium eindrang, eng zusammen und bildeten ein ganz anderes Wesen. Die fiesen Töne in der Kabine nahmen zu. Paige spürte die Kälte in ihren Knochen, spürte, wie die Finger ihr abstarben, weil sie diese so stark in ihr Gesicht presste, spürte, wie ihre Ohren diesen abgrundtief fiesen Klängen nicht mehr gewachsen waren, spürte, wie ihre Beine nachgaben und sie in der Ecke zusammensackte. Sie blickte notgedrungen in den Raum und erkannte eine dicke, widerliche und augenlose Masse, die sie in die Enge trieb. Da schrie sie los, nach Leibeskräften, und ihr Schrei war markdurchdringend, schrill und so hoch, dass sie sich vor sich selbst ängstigte. Die grausam verzerrte Bestie inmitten des Raumes starrte sie an. Paige griff mit letzter Kraft in die Masse. Es fühlte sich glitschig, schleimig und kalt an. Sie hatte keine Kraft mehr, sank zu Boden und ihre Augen sahen die Bestie pupillenlos an.

Die Bestie stob auseinander, formte sich neu. Wieder waren die siebzehn weißen Figuren zu sehen. Wieder schauten sie diese an, wieder wollten sie Paige fassen. Doch diesmal stand Paige auf, schrie sie an, und da erklang abermals die Melodie und die Türen des Fahrstuhls öffneten sich. Die 18. Etage. Die weißen Gestalten flohen. Der Mann in der Ecke nickte ihr zu und hob seinen Kopf. Paige blickte in eine fiese Fratze, die sie so grausam anblickte, dass sie fast auf der Stelle einen Schock bekam. Da sagte der Mann, nein, da flüsterte er: „Du bist die Achtzehnte. Keiner meiner Schatten hätte dir was tun können. Frag deinen Onkel, der wird es dir erzählen." Paige war verwundert und ihre Blicke folgten diesem Wesen aus einer anderen Welt noch so lange, bis es hinten, am Ende des Flurs, verschwand. Es klickte und die Tür schloss sich hinter ihm.

Endlich war sie da, in der 18. Etage. Sie schlenderte den Flur entlang, bis ganz nach hinten, blickte nach rechts und erst jetzt wurde ihr bewusst: Der Mann mit dem Bowler im Fahrstuhl war ihr Onkel …

»El loco diablo«

Erik steuerte den Wagen die endlos wirkende Straße entlang. Seine Frau und er waren unterwegs von St. George nach Las Vegas, über den Highway 15. Ziel ihrer Reise war ein Besuch bei Sally, der Schwester von Eriks Frau Larris. Diese war vor etwa sechs Jahren nach Las Vegas gezogen auf Grund eines Jobs. Bis zum Schluss hielt sich das Gerücht, Sally hätte einen neuen Mann kennen gelernt und für diesen, würde sie sogar ihr geliebtes Heim verlassen. Aber dem war nicht so.

Sie waren gerade einmal zwei Stunden auf der Straße, da meldete sich bei Erik auch schon die Müdigkeit. Ungewöhnlich war dies nun nicht, das wusste Larris, denn schließlich arbeitete er als Bäcker, was bedingte, dass für ihn um halb drei in der Früh die Nacht zu Ende war. An diesen Umstand hatte sie sich gewöhnt, man könnte sogar sagen, sie hatte ihr Leben darauf eingestellt. Und so wusste sie genau, was zu tun war. Ein geschickter Griff nach hinten holte die Thermoskanne mit dem frischen Kaffee hervor. Kurz darauf goss sie ihrem Mann einen Becher ein und reichte ihm diesen herüber. Erik bedankte sich sogleich mit einem Kuss.

Nach dem Genuss des Kaffees lenkte Erik den Wagen wieder mit voller Aufmerksamkeit. „Ach diese eintönige Landschaft, die kann einen ganz schön zermürben", sagte Erik zu sich selbst. Er hasste die Strecke, denn es gab nahezu nichts zu sehen. Kaum eine Stadt, keine Händler am Straßenrand, ja nicht einmal Gegenverkehr gab es. Die Strecke ähnelte einem langen Stück Garn, welches sich in die Landschaft entrollt hatte. Er versuchte sich noch mit dem Zählen der Strommasten zu seiner Linken abzulenken, aber es half nichts. Schließlich überkam ihn erneut die Müdigkeit. Mit Kaffee allein, das wusste er, konnte man der Eintönigkeit nicht beikommen.

Die Sonne brannte mit Temperaturen jenseits der 40 Grad. Die Meilen schlichen dahin. Einzig der Fahrtwind, welcher durch das offene Fenster auf Eriks Seite hereinströmte, ließ die Luft etwas zirkulieren. Nur wenig später machte er Entspannungsübungen mit dem Kopf, während Larris an ihrer Patchworkdecke strickte. Seit sechs Jahren schon arbeitete sie daran. Begonnen hatte alles mit Sallys Umzug nach Las Vegas.

Erik gab seiner Frau ein Zeichen, dass er erneut einen Kaffee gebrauchen könnte. Larris schenkte ihm umgehend einen weiteren ein. Als er wieder aufblickte, sah er kurz in den Rückspiegel und entdeckte einen kleinen Transporter. „Endlich, endlich bin ich auf dieser gottlosen Straße nicht mehr allein unterwegs. Das wurde auch Zeit", sagte er. Wie Erik so zu seiner Frau hinüberblickte, bemerkte er, dass sie eingeschlafen war und so sprach er sie nicht an. Ein erneuter Blick in den Rückspiegel verwirrte ihn jedoch. War das eine optische Täuschung oder hatte der Transporter tatsächlich keine Scheiben im vorderen Bereich des Fahrzeugs? Dies erregte Eriks Neugier. Er hoffte darauf, dass der Transporter ihn vielleicht überholen würde, damit er mehr erfuhr, über dieses mysteriöse Fahrzeug. Und tatsächlich, der Transporter kam näher. Und näher und näher. Als er sich auf geschätzte 100 Meter herangepirscht hatte, warf Erik einen genaueren Blick auf das Ding, wie er es nun nannte. Tatsächlich, es waren keine Scheiben zu erkennen, was wiederum bedeutete, dass da auch kein Fahrer zu sehen sein würde. Erik war das unangenehm. Seine Haare stellten sich auf, wie die Stacheln eines Igels. Kälte lief seinen Rücken herunter. Irgendetwas stimmte hier nicht. Das Ding, was ihm folgte, war ein Klotz aus Metall, so wirkte es jedenfalls. Er musste sich ablenken, damit er nicht pausenlos nach hinten sah. Und so tauchte Erik gedanklich in den letzten Urlaub mit Larris ein. Aber kaum das vor seinen Augen die Ferienanlage erschien, wurde er auch schon jäh wieder herausgerissen aus seiner

Traumwelt. Da war er nun, der unheimliche Transporter. Es trennte sie jetzt keine zwei Handbreit mehr voneinander. Dann hupte dieses Ding mit einem so schrillen Ton, dass es sich anfühlte wie das Kratzen von Fingernägeln, welche eine Schiefertafel hinunterglitten.

Erik gefror auf der Stelle alles an seinem Körper. Wäre er eine Katze, hätte er nun einen Buckel gemacht, um sich so zur doppelten Körpergröße aufzubauen. Aber er war ein Mensch und so gewann die Angst die Oberhand. Nun ging es nicht mehr anders, er musste seine Frau wecken. Sogleich strich er ihr sanft mit seinen Fingern durchs Gesicht und flüsterte ihr leise zu: „Larris mein Schatz, wach auf. Wir haben da ein kleines Problem." Sie räkelte sich etwas, streckte ihre Glieder und fragte ihn noch im Halbschlaf: „Was ist denn los, sind wir etwa schon da?" „Nein", entgegnete Erik mit fester Stimme. „Aber wir haben einen Spinner hinter uns, der mir unheimlich ist." Larris blickte nach hinten und sah sogleich dieses schwarze Ding, was ihnen folgte.
„Was will der von uns?", fragte sie ihn.
„Wenn ich das wüsste", entgegnete Erik ihr.

Meile um Meile fraß sich ihr Auto den Highway entlang. Sie waren in Arizona angekommen. Ein Staat, welcher in dieser Gegend nicht gerade für seine grünen Felder bekannt war. Aber es half nichts, das Gesetz der Straße lautete: „Folg mir oder bleib zu Haus." Und so fuhren sie weiter.

Die Dämmerung brach herein, als plötzlich das Ding hinter ihnen aufblendete. Das Licht war so grell, dass Erik durch die Spiegelung in seinem Rückspiegel für ein bis zwei Minuten geblendet war. Larris übernahm flugs das Lenkrad und rettete sie so vor einem Unfall.

„Was denkt sich dieser Kerl dabei eigentlich?", fragte Larris.

„Nichts vermute ich. Man sieht leider auch keinen Fahrer", antwortete ihr Erik.
„Ich verachte diese Spinner", erwiderte ihr Larris.

Als sie nahezu nichts mehr sahen, weil das Licht so gleißend hell war, von diesem Ding, klappte Erik schließlich den Rückspiegel weg. Leider änderte es nichts an dem Problem, dass ihnen ein schwarzer Metallklotz folgte. Da kam Larris die rettende Idee. „Lass ihn uns abhängen. Wir können bestimmt schneller fahren als er", sagte sie schließlich. „Das ist eine hervorragende Idee mein Schatz", entgegnete ihr Erik.
Kaum dass sie darüber gesprochen hatten, trat er auch schon auf das Gaspedal und hängte das Ding tatsächlich ab. „Da hätten wir mal eher drauf kommen können", raunte er ihr zu. Der Abstand zwischen ihnen und diesem Klotz gewann an Strecke. Schließlich verschwand das Ding am Horizont. Sie genossen die Ruhe des Highways. Als sie sich gerade an die Einsamkeit gewöhnt hatten, tauchte es jedoch wieder auf. Es war unglaublich, denn es kam wieder näher und das, obwohl sie gute 90 Meilen auf dem Tacho hatten. Da war er wieder. Diesmal wirkte er noch grausamer als zuvor, was der heraufziehenden Dunkelheit geschuldet werden konnte. Was er nun vorhatte, mochten die beiden sich lieber nicht ausmalen. Da knallte es auch schon. Die beiden wurden nach vorne auf das Armaturenbrett geschleudert. Das Ding war ihnen hinten auf ihr Auto aufgefahren. Sie konnten es gar nicht glauben, jedoch war es so. Und es holte schon wieder Schwung. Anscheinend wollte es sie erneut rammen. Larris kniff die Augen zusammen, beugte sich vor, um dem erneuten Aufprall den Schwung zu nehmen und schrie auf, als es knallte:

»Aaaarrrgggghhhh!!!!!«

Da krachte dieses Monster erneut in sie hinein. „Was will es nur?", fragten sich beide. Doch zu viel mehr kamen sie nicht, denn jetzt zeigte es sein wahres Gesicht. Der Kühlergrill drückte sich auseinander und zum Vorschein kamen viele gierig aussehende Zähne. Diese züngelten wie Flammen und lechzten nach ihnen, so schien es. Doch es war mitnichten so. Das Monster begann, ihr Auto aufzufressen. Immer wieder schlugen die Zähne in das Metall und rissen Stücke heraus. Wieder und wieder. Ihr Auto verschwand mehr und mehr in dem gierigen Maul dieser teuflischen Maschinerie. Larris schrie auf:

„Los, friss mich Du Monster. Hol Dir mein Fleisch!"
Erik traute seinen Ohren nicht, als er da seine Frau schreien hörte und sagte schließlich „Feuerst Du dieses Ding etwa auch noch an?"
„Wir werden hier eh sterben oder glaubst Du, das Ding lässt uns kurz aussteigen?"
„Da hast du wohl leider Recht", entgegnete er ihr schließlich.

Und keine zwei Minuten später hatte das Monster ihre Sitze erreicht und biss zu. Es knackte schrecklich fies, als die Zähne die Wirbelsäule von Larris zerfetzten und heraus rissen. Erik kotzte augenblicklich. Da biss das Ding erneut zu und holte sich das Fleisch seiner Frau. Als Erik wieder aufblickte, sah und hörte er gerade noch, wie ein Stück von ihrem linken Unterschenkel mit einem Zischen im Rachen dieses Monsters, verschwand.Erik kniff, so fest er konnte, die Augen zusammen, aber auch das half nichts. Er wollte schreien, jedoch versagte ihm sein Körper. Kurz darauf biss das Ding erneut zu und riss seinen Kopf ab. Immer wieder rammte es die Zähne in seinen Leib. Als Erik schließlich gefressen war, ging alles rasend schnell. Das Ding fraß nun auch noch den Rest des Autos auf und drückte sich alles in den Rachen.

Dann hielt das Monster an. Im Innern dieses Dings arbeitete etwas Teuflisches. So wurde alles bis auf die Fleischreste in das Monster integriert. Kurz darauf presste es diese Reste durch den Kühlergrill auf die Straße. Es sah aus, als würgte es sie regelrecht wieder hervor. Nun war ein Grinsen am Kühlergrill zu erkennen.

Wenig später setzte das Monster seine Fahrt in Richtung Las Vegas fort. Es war erneut größer geworden und die Gier wuchs in ihm. Es kannte nur eine Regel, FRESSEN!

»Der Blogger«

Peter war Internet-Blogger. Sein Job bestand darin, tagtäglich Hunderte von Seiten im Internet nach den neuesten Infos rund um aktuelle und zukünftige Filmprojekte auszugraben. Und er war gut darin. Immer wieder stellte er seinen feinen Spürsinn für explizite Fakten unter Beweis. So war er es auch, der als Erster wusste, dass der Neueste 150 Millionen Dollar teure Science-Fiction-Film über die Weltraumschlacht um den Planeten Aphalgar im Sande verlief, weil sich das Filmstudio mit seinem Hauptdarsteller überworfen hatte. Die Produzenten wollten das Projekt nur unter der Prämisse machen, dass genau dieser Schauspieler die Hauptrolle innehatte. Aber besagter Schauspieler forderte eine in ihren Augen astronomische Gage. Es ging hier immerhin um 25 Millionen Dollar, was einem Sechstel des gesamten Filmbudgets entspräche. Das Angebot sprach ihm satte 10 Millionen Dollar zu. Ferner sollte er 10 % der Einnahmen aus den Merchandising-Rechten einstreichen. Doch der Hauptdarsteller war kein geringerer als Falcon, Erik Falcon wohlgemerkt. Er war der Superstar unter den Actionstars und konnte nach seinem 2. Oscar fordern, was immer er an Gage haben wollte. Doch dieses Produzententeam setzte sich bei seinem Studio durch. Dies hatte zur Folge, das ihm die geforderte Gage verweigert wurde. Das war ein Knüller, ein Hammer, der die ganze Filmwelt erschütterte. Und diesen Hammer ließ Peter jetzt fallen. Das machte ihn in der Branche der Blogger bekannt wie einen bunten Hund. Manch einer war neidisch auf seinen Erfolg, denn dieser war beispiellos.

Esther gehörte diesem beneidenswerten Kreis von Groupies an, welche ebenfalls als Blogger tätig waren, aber immer im Schatten des großen Meisters verharrten. Alle von ihnen warteten darauf, ihren großen Moment des Triumphes zu erleben, ihre Karte für den Sieg auszuspielen. Aber die meisten von ihnen würden diesen Moment nie erleben. Esther war anders als die meisten. Sie schuftete unentwegt für Ihre Karriere. Sogar Praktikum machte sie bei Peter. Das lag inzwischen mehr als ein Jahr zurück. Dennoch konnte sie sich an jedes Wort, das er zu ihr sagte, genau erinnern. Beeindruckend war die Technik, welche er bei sich zu Hause nutzte. Sein Arbeitszimmer war aufgebaut wie ein Tonstudio. Peter saß in einem bequemen Sessel vor drei riesigen Monitoren. Jeder hatte seinen ganz eigenen Bereich. In der Mitte war der Kommando-Bildschirm. Über ihn dirigierte er alle seine kleinen Spitzel, die für ihn die Drecksarbeit erledigten und das Internet umgruben. Zu seiner Rechten lief ein kleines eingeblendetes Fernsehbild, wo er immer die aktuellen Filmnachrichten sah. Auf dem Rest des Bildschirms waren die Nachrichten von mehreren ausländischen Sendern zu lesen. Zu seiner linken Seite befand sich der Spionage-Bildschirm. Mit ihm beobachtete er peinlich genau, was sich in anderen Blogs tat. Er war immer auf der Hut, wenn jemand ein Gerücht in die Datenwelt einstreute. Vor ihm lag sein Keyboard, eine Selbstanfertigung mit zahlreichen Zusatzfunktionen. Wie genau funktionierte, konnte sie sich einfach nicht merken. Wie auch? Peter schrieb fliegend mit zehn Fingern und das über die gesamte Breite der Tastatur. Oben am mittleren Bildschirm war eine Webcam befestigt. Über sie schaltete er sich immer wieder einmal in seinen Blog und berichtete per Live-Aufnahme von seinen neuesten Enthüllungen. Im Hintergrund lief stets und ständig Rockmusik, manchmal auch Metal oder Punk. Unter dem Tisch parkten eine Kiste

Cola, ein Karton mit Chips und Schokolade sowie zwei Ladegeräte für seine Handys. In ihren

Augen war er der Gott aller Blogger, jedenfalls was Infos und Sensationen rund um die Filmbranche anging.

Eines Nachts, es muss wohl um vier Uhr morgens gewesen sein, da flimmerten seine drei Bildschirme nur und Peter saß sabbernd in seinem Sessel. Er bekam die Show der Bildschirme gar nicht mehr mit, jedenfalls nicht bei vollem Bewusstsein. Auf dem mittleren Bildschirm stand eine Nachricht, welche wohl an ihn gerichtet war. Dort stand in großen grünen Buchstaben:

„Du bist nicht allein!"

Als sie Peter das am nächsten Morgen erzählte, winkte der nur ab und sagte, dass sie sich das wohl nur eingebildet hätte. Schließlich würden ja alle drei Monitore ihren Dienst tun, wie sie es immer taten. Von der seltsamen Botschaft hatte sie nie wieder was gelesen und sonst tat sich auch nichts Ungewöhnliches. Ein Hobby hatte Peter auch: Er war ein geradezu besessener Online-Rollenspieler. Er zockte, was das Zeug hielt oder das Bloggen ihm an Zeit zugestand. Wenn er wieder einmal eine Session spielte, war er stets mit Headset und Mikro bewaffnet, hatte seinen Teamspeak-Kanal geöffnet und chattete mit den Jungs und Mädels um die Wette. Unglaublich, wie schnell ein Mensch doch schreiben kann. Dadurch, dass er mehr als einen Bildschirm nutzte, war es ihm auch möglich, seinen Job nebenher weiter auszuüben, obwohl er am Zocken war. In diesem Rollenspiel war er ebenfalls ein Gott. Niemand kam an ihm vorbei. Er war ein Macher, kannte sich aus und der

Fokus aller Spieler im Team ruhte seinem Können. Alles lief, wie es laufen sollte. Man kannte ihn, erkannte ihn gar auf der Straße. Er sprach fast ausschließlich in seinem Jargon. Entweder konnte man diesem folgen oder gehörte gleich zu den Noobs, jenem legendären Volk, das sich damit begnügen musste, einfach nicht Bescheid zu wissen.

Es war wieder eine klassische Zockernacht. Wie schon oft zuvor auch spielten sie erneut bei ihm zu Hause. Per Switch klinkten sich alle in den Server ein. Heute waren sie zu elft. Drei im Schlafzimmer, zwei im Arbeitszimmer wie auch in der Küche und ganze vier im Wohnzimmer. Allesamt mit Headset, Cola und Naschwerk bewaffnet. Solche Nächte konnten hart sein und gingen nicht selten bis an die Substanz. Manchmal stand einer von ihnen auf und schaute den anderen zu, wenn er wiederholt im Feuergefecht gestorben war. Heute spielten sie wieder ihr Lieblingsballerspiel. Da ging es immer richtig zur Sache. Man musste nicht nur schnell sein, wenn die Gegner sniperten, nein, man musste auch noch strategisch denken. Teamplay wurde großgeschrieben. Alle mussten an einem Strang ziehen. Jeder kannte seine Rolle und wusste, wo sein Platz war im Team. Allein die Vorbereitung für so ein Event war sehr aufwendig. So musste jeder Mitspieler seinen PC herschleppen, vor Ort alles wieder zusammenstecken und ihn letztlich an das Netzwerk anschließen. Die Ersten ein bis zwei Stunden wurden dazu genutzt, um die neuesten Upgrades zu Spielen über das Netzwerk auszutauschen. Anschließend machte gute Musik schnell die Runde und verteilte sich.

Nach einer weiteren Stunde war es dann so weit und die Rechner wurden startklar gemacht. Nun galt es zu entscheiden, was gespielt werden sollte. Dies ging recht schnell vonstatten. Start war Punkt 3 Uhr

Nachmittags. „11 Leute gegen den Rest der Welt" hieß es mal wieder. Das ganze Team formierte sich unter dem Namen „Deathpack". Sie waren in den Spielewelten gefürchtet, weil sie so gut wie niemals verloren. Aber auch sie hatten Feinde. So gab es die „Spiderbugs", die „Beaconburger" oder auch die „Atomic Ghosts", die ihnen das Leben schwer machten und sie immer wieder herausforderten. Das gab dann immer gewaltige, manchmal sogar legendäre Schlachten. Über diese wurde dann bei zukünftigen Sessions gefachsimpelt. Wer hätte was wie noch besser machen können, et cetera. Aber der heutige Abend stand ganz im Zeichen der „Atomic Ghosts". Dieses Pack, wie Peter sie nannte, hatte sie verspottet und das konnte und wollte er nicht auf sich beruhen lassen. Er war der Rädelsführer und so rief er in sein Mikro per Teamspeak: „Männer, heute ist der Tag der Rache. Wir werden ihnen die Köpfe abschlagen und aus ihren Schädeln den Met trinken. Lasst uns in die Schlacht ziehen und sie vernichten!" Die anderen Spieler in allen Räumen grölten wie Tiere und brüllten wie wild durch den Raum. Ja, Peter hatte wieder einmal den Nagel auf den Kopf getroffen. Seine Worte glichen einer Schlachthymne. Und so begann das virtuelle Gemetzel.

Im Hintergrund lief immer noch der Blog, den er schrieb. Ohne hinzublicken, erkannte er sofort, dass sich etwas tat in der virtuellen Welt. Er schrieb einst ein kleines Programm, was sich immer blinkend meldete, wenn sich etwas Lohnenswertes ergab, und so war es auch diesmal. Auf seinem linken Bildschirm leuchtete es hell wie ein Weihnachtsbaum. Die Message schlechthin: Der Blogger „Devil Saccura" aus Japan hat seinen Job hingeschmissen. Peter stand auf und grölte mit erhobenen Armen „YEAH – FUCK OFF WITH YOU!!!" Wieder war einer weniger im Datendschungel unterwegs, der ihm das

Wasser abgraben konnte. So eine Nachricht löste in ihm einen regelrechten Adrenalinschub aus. Dadurch spielte er wie besessen und ballerte alles nieder, was seinen Weg kreuzte. Manchmal lichtete er dabei auch die eigenen Reihen, was nicht im Sinne seiner Mitspieler war. Aber sie schluckten ihren Groll gegen ihn herunter, denn es war ihm zu verdanken, dass sie als Team zu den besten in ganz Europa zählten. Kaum einer konnte sich mit ihnen messen.

Dennoch: Elb nervte es schon sehr, dass er zum dritten Mal infolge von Peter erschossen wurde und dadurch alle seine Gegenstände, welche er mühsamst zusammengetragen hatte, wieder verlor. Und diesmal war das Fass übergelaufen. Er wünschte ihm wahrlich die Pest an den Hals. Ja, er stand sogar auf und rief zu Peter ins Arbeitszimmer: „Verrecke, du Sau! Noch so ein Ding und ich mache Jagd auf dich!" Peter ignorierte das, wie er es immer tat. Er dachte bei sich: „Na, der kriegt sich schon wieder ein. Wenn wir erstmal den Pokal für den dreifachen Sieg im Deathmatch in Händen halten, ist er wieder ganz der Alte!" Kurz darauf war Peter erneut abgelenkt, da sich nun auch auf seinem rechten Bildschirm eine Meldung hervorhob. Und so erschoss er erneut seinen eigenen Soldaten Elb. Dieser flippte völlig aus und schmiss seine Maus an die Wand, wo sie in diverse Teile zerbarst. „Jetzt ist Schluss. Ich hab sein blödes Getue so satt. Er ist hier nicht der liebe Gott, sondern nur ein

Spieler wie wir." Lugo, welcher ihm gegenüber im Raum saß, beruhigte ihn schließlich wieder. „Los komm, kannst meine Ersatzmaus haben." Elb steckte sie an und setzte sich wieder an seinen Terminal. Er ballte die Hände zu Fäusten und murmelte komisches Zeug vor sich hin, das aber keiner für voll nahm.

Elb war sein Spitzname, weil er so spitze Ohren hatte, wie die eines Elben halt. Im wahren Leben war er Programmierer und hieß Kalle. Was das Ganze nicht besser machte. Da klang Elb schon angenehmer und geheimnisvoller. So saß Elb nun wieder an seinem Rechner und tickerte mit den anderen. Sie tauschten sich aus und überlegten, wie sie ihrem vermeintlichen Gott mal eine Lehre erteilen konnten. Es müsste doch eine Möglichkeit geben, wie er mal so richtig sein Fett abbekäme und sie über ihn triumphieren könnten. Da meldete sich Hannibal, was auch nur ein Spitzname war. Er trug lange Zeit die Maske vom Schlächter und Kannibalen Hannibal. In Wahrheit hieß er Frieder. Diesen Namen fand er selbst grässlich, weshalb er schon lange darum kämpfte, seinen Namen in Hannibal umtauschen zu dürfen. Aber dieser Prozess erwies sich schwerer als gedacht. So nannten ihn alle nur Hannibal, um ihm ein Gefühl des Sieges zu geben.

Hannibal erzählte etwas, was sie so noch nie gehört hatten. So gab er per Flüstern eine Frequenz durch, die alle nutzten, außer dem göttlichen Peter. Hier trafen sie sich nun in einem geheimen Chatroom und planten den Anschlag. Hannibal erzählte ihnen, dass es eine Seite gebe, wo man so einen Anschlag buchen konnte. Ganz billig war es nicht, aber das war es ihnen wert. Schließlich fanden sie sich dort alle ein und buchten einmal den „Horror Schocker" für ihren Anführer Peter. Ziel des

Ganzen war, so versprach es das Werbeplakat, einem verhassten Bekannten, Verwandten, Freund oder Feind mal einen Denkzettel zu verpassen. Und genau das war es, was sie alle wollten. Insgesamt kostete das Ding dann über 500 Dollar. Eine stolze Summe, aber sie hassten es immer wieder aufs Neue, wenn er seine Ein-Mann-Show abzog. Kaum war das Ding gebucht, kehrten sie wieder auf den Team-Channel zurück und

quatschten mit Peter, als wäre nichts geschehen. Was sie allerdings übersehen hatten, war der sehr klein geschriebene Hinweis auf dieser Seite. Darin stand nämlich, dass bei schwachen Nerven der ausgeführte Effekt auch zum Herzstillstand führen kann. Aber nun war es dafür eh zu spät und das Schicksal nahm seinen Lauf.

Gegen halb 12 Uhr abends bestellte die ganze Truppe dann noch Pizza. Eine gefühlte Stunde später kam der Typ mit einem völlig verbeulten Ford Ka vorgefahren und übergab die Bestellung an Hannibal und Gurke. Auch Gurke war ein Spitzname. Sein echter Name war Otto. Auch nix Rühmliches, weshalb er Gurke sogar vorzog. Die beiden bezahlten die Pizzen und schlichen damit wieder hoch zur Zentrale der Session. Hier verteilten sie die Bestellung und erzählten sich beim Essen Witze und Anekdoten von früheren Zockereien. Bis jetzt war noch nichts passiert und wenn, dann war Peter kalt wie ein Fisch, denn er ließ sich nichts anmerken. Und tatsächlich hatte sich kaum etwas gerührt. Nur manchmal während des Spiels hatte er das Gefühl, dass die Hintergrundfiguren ihn ansahen. Erst hielt er das für einen Zufall, aber mit der Zeit verdichtete sich seine Annahme zu einem mulmigen Gefühl in der Magengegend. Wie konnte das sein? War er so übermüdet, dass er sich Derartiges einbildete? Wie dem auch sei, er würde sich hier nicht die Blöße geben und den anderen gegenüber irgendwas davon preisgeben. Als sie alle ihre Pizza nach geschätzten zwölf Minuten heruntergeschlungen hatten, setzten sie sich wieder an ihre jeweiligen Maschinen. Auch Peter nahm erneut an seinem Terminal Platz. Dadurch,

dass er von drei Monitoren umgeben war, konnten die anderem in seinem Arbeitszimmer nie so recht sehen, woran er da gerade arbeitete. Auch das noch engere Zusammenstellen der Monitore, sodass sie keinen Spalt mehr frei gaben, durch den einer von ihnen hätte spähen können, trug dazu sein Übriges bei. Als Peter sich voll und ganz dem Spiel widmete, sah er aus seinem Augenwinkel, wie sich ihm die Oberfläche seines rechten Bildschirms entgegenwölbte. Das musste eine optische Täuschung sein. Denn das war rein technisch gar nicht möglich. Peter war Realist und als solcher gehorchte sein Verstand gänzlich den Naturgesetzen. Und das, was er da aus dem Augenwinkel sah, widersprach dieser Überzeugung zur Gänze. Er blickte trotzdem ganz langsam nach rechts. Nichts. Es war wohl nur ein Streich seiner doch schon stark übermüdeten Augen. Und so hakte er den Vorfall einfach ab.

3:23 Uhr: Gurke fiel ins Arbeitszimmer ein wie eine Horde Hunnen. Sozusagen eine Ein-Mann-Hunnen-Armee, wenn es das überhaupt geben konnte. Er brüllte etwas in klingonisch, jedenfalls hörte es sich so an. Das Problem war nur: Keiner außer ihm konnte diese doch recht nützliche Sprache. Denn dank ihr war es ihm möglich, wo er ging und stand zu fluchen, ohne dass es jemand mitbekam. Aber in dem aktuellen Moment half es ihm lediglich nur zu beweisen, dass er einzigartig war, einzigartig in seiner Welt, in der ihn keiner verstand. Peter blökte ihn an und sagte mit lautem Ton: „Mann, sprich Deutsch, von uns kann keiner dieses blöde Klingonisch!" Gurke riss sich zusammen und sagte nur: „Mich haben eben die Spiele-Charaktere fertiggemacht. Echt jetzt, das war voll fies. Erst haben mich alle angestarrt und dann sind die alle auf mich losgegangen. Sogar die Figuren, die nur den Bildschirm mit Leben

füllen sollen." Axe und Hookey, welche auch im Raum saßen, schauten ihn pikiert an und meinten nur: „Sag mal, hast du wieder Gras dabei?" Gurke blökte nur: „Nö! Naja doch, aber das tut nichts zur Sache!" Naja, eigentlich tat es das schon, denn nach Einnahme dieses Stoffs war so manches anders, als es dies normalerweise war. So konnte dann plötzlich ein Teddybär sprechen oder auch das Essen einen angrinsen. Also Finger weg von dem Zeug. „Los, Gurke, geh wieder an deine Mühle und nerv nicht mit so 'nem kruden Mist. Gurke gehorchte und hockte sich wieder hin. Er machte den Bildschirm wieder an und zockte weiter. Aber schon nach kurzer Zeit hatte er wieder das Gefühl, dass die Randfiguren ihn anstarrten. Er fühlte sich unwohl auf seinem Stuhl und rutschte hin und her. Dieses Verhalten fiel den anderen im Raum auch auf und so fragte Susanne: „Sag mal, hast du Hämorrhoiden oder warum bewegt sich dein Arsch wie der einer Sambatänzerin?" Gurke blinzelte nur gequält zu ihr herüber und blökte dabei: „Kümmer dich um deinen Scheiß, Mann!" Dann sah er es. Über einer dieser Randfiguren poppte eine Sprechblase auf. In dieser stand: „Du bist der Erste!" Gurke war das egal, naja, so ganz nicht, aber was sollte er schließlich tun. Er zoomte den Bildschirmausschnitt mit der Figur und der Sprechblase groß und kroch förmlich in den Bildschirm, um zu erkennen, wie die Figur aussah, die das sagte. Sie ähnelte ein wenig Peter. Aber das mochte bei der Vergrößerung und der mehr und mehr verpixelten Grafik auch Zufall sein. Der Bildschirm verfärbte sich und die Figur schaute ihn mit tiefem Blick an. Jetzt ergriff ihn eine Hand, welche aus dem Bildschirm zu kommen schien, und zog ihn noch dichter heran. Gurke bekam durch das enorm schnelle Flimmern eine Herzattacke und sackte zusammen. Blut lief ihm aus einem Ohr. Susanne lachte nur und meinte: „Gurke, im Schlafen hat noch keiner ein Spiel gewonnen. Los, jetzt heb den Kopf

und kämpfe wie ein Mann!" Doch er rührte sich nicht. Ihr war's egal. Einer weniger, für den Mutti spielen musste.

Peter saß völlig übermüdet inmitten seiner Bildschirme und fühlte sich zusehends unwohl. Als ahnte er, dass etwas nicht stimmte, wollte er gerade aufstehen, als der Bildschirm vor ihm eine Botschaft anzeigte. Da stand plötzlich über einem der Häuser in dem Level, in dem sie gerade spielten: „Komm näher heran, um zu erkennen, was deins sein könnte!" Peter war völlig fasziniert davon, dachte, er hätte ein Easter Egg gefunden und sank etwas in den Bildschirm. ZACK: LINKS, RECHTS, BEIDSEITIG ergriffen ihn zwei Arme, die jeweils aus den beiden Bildschirmen zu seiner Linken wie zu seiner Rechten herauskamen. Diese drückten ihn noch näher an den mittleren Bildschirm. Er spürte, wie sein Hals überdehnt wurde.

Immer weiter wurde sein Gesicht auf den Schirm gepresst. Die Hände drückten ihn nach vorne in den Tod. Dann knackte es hörbar und sein Genick war gebrochen. Die Arme verschwanden wieder und Peter sank mit dem Kopf auf die Tastatur. Dies löste ein lautes immerwährendes Klicken aus. Die anderen Mitspieler der Session riefen über Teamspeak zu ihm herüber: „Hey, Mann, nimm doch mal deinen toten Kopf von der Tastatur! Meine Sprechblase von dir ist schon so groß wie die Hälfte meines Bildschirms." Dann machte es auf dem Bildschirm PENG und der Kopf von Peters Spielfigur platzte. Überall war Blut. Alle schauten sich an und kamen zu demselben Schluss. „Los, Männer", sagte Susanne, „lasst uns mal nachsehen, was mit Peter ist. Vielleicht ist er wieder mal auf der

Tastatur eingeschlafen." Das war für ihn nicht ungewöhnlich. Irgendwann ist jeder an seiner körperlichen Grenze angekommen und gibt seinem Schlafbedürfnis nach. Ein paar Ausfälle von Spielern bei diesen Sessions gab es immer. Der eine oder andere soff sich durch übermäßigen Bierkonsum schon mal um den rationalen Verstand und sackte infolgedessen zusammen oder fiel mit dem Kopf gar auf die Tastatur. Irgendeiner aus der Gruppe rief dann immer ganz laut: Noobs, bloody Noobs. Aber diesmal war es anders. Sie wirkten alle seltsam betroffen. Schweigen breitete sich aus. Als Susanne sah, dass Gurke keinen Mucks mehr machte, er sogar mausetot war, sprang sie entsetzt auf und brüllte: „Er ist tot, Gurke ist tot. Lang lebe die Gurke!" Und so rannten alle zu Peter ins Arbeitszimmer. Die beiden Honks im Arbeitszimmer waren da schon längst völlig übermüdet vom Stuhl gerutscht und sahen das Elend, welches sich vollzog, nicht mehr. Die anderen strömten einem Wasserschwall gleich in den Raum. Elb sah als Erster hinter die Bildschirme und entdeckte sofort, dass auch Peter tot war. Susanne hatte eine gute Idee. „Peter hat doch eine Webcam. Lasst uns mal auf die IP zugreifen und nachschauen, was die aufgezeichnet hat. Peter war so von sich überzeugt, dass er bei jeder Session immer ein Video von sich drehte. Das machte er, damit er im Nachhinein allen unter die Nase reiben konnte: „Seht her, da und da hab ich gewusst, dass ich euch alle plattmachen werde." Aber diesmal könnte man damit auch beweisen, wer ihn getötet hatte. Susanne war seltsam gefasst ob des Todes ihres Teamleaders. Die anderen wuselten wie die Lemminge in der Wohnung herum. Ein paar jaulten sogar dabei. „Warum mussten wir auch unbedingt diese Seite besuchen? Nur, um ihm eins auszuwischen." Das, was geschehen war, ging weit darüber hinaus, was man unter eins auswischen im Allgemeinen so verstand.

Wenig später sammelten sie sich bei Susanne am PC. Sie schaltete sich in den PC von Peter und zapfte die Webcam an, mitsamt der Aufzeichnung. Alle schauten wie gebannt auf den Bildschirm. Zwischendurch sagte Axe nur: „Mann, schau dir das an, der Sack hat sich da 'nen Porno reingezogen, während wir da auf seinen Einsatz gewartet haben. Und deshalb bin ich verreckt. Boah, ich mach dich fertig, wenn ich dich in die Finger bekomme." Susanne machte nur „pssst" zu ihm herüber und er schwieg sogleich. „Mann, seht mal da, was ist denn mit seinem Gesicht. Das sieht ja aus, als wäre die Farbe gerade auf den Tisch geflossen. Aschfahl sieht er aus. Richtig kränklich." Noch konnten sie sich darauf keinen Reim machen, bis es geschah und sie es tatsächlich sahen: Links wie auch rechts, kamen aus den beiden Bildschirmen Arme, und drückten das Gesicht von Peter auf den mittleren Bildschirm. „Wow wow wow, mach nochmal zurück. Was zur Hölle ist das? Woher sind diese Arme? Die können doch nicht aus den Monitoren gekommen sein. Wie soll denn das gehen und warum?"

Susanne lachte höhnisch. „Das wollte ich schon lange mal tun. Ich hab ihn gehasst, bis aufs Blut. Endlich konnte ich Rache nehmen." – „Das erklärt aber nicht, was mit Gurke geschehen ist." – „Oh doch, Gurke war zu gierig und steckte die Nase in Dinge, die ihn nichts angingen. Er musste weg!"

„Du Miststück", schimpfte Axe. „Wie kannst du hier nur so ruhig sitzen und das einfach so erzählen?" – „Wenn du wüsstest, wer ich bin, würdest du gar nicht wagen, mich zu fragen, du Wurm!" Nun lachte Susanne noch viel höhnischer: „Hahahahaha, ihr Würmer unter meinen Stiefeln. Wenn ich will, vernichte ich euch alle." Kurz darauf stand sie auf, ging zur Tür und entschwand. Eigentlich wusste niemand, wer sie

eigentlich war, denn als sie ihre Session starteten, waren sie nur Männer. „Wo ist sie hergekommen und wer hat sie gerufen?" Auf diese Fragen wusste keiner eine Antwort und wollte sie auch nicht wissen, niemals.

»Scherenschnitt«

Was wenn alles eine Lüge ist, wenn das was man sieht, nur ein Bild ist, was man ändern kann?

Kaye lief wie jeden Morgen die Straße entlang auf dem Weg zur Schule. Als er an der Bushaltestelle ankam, war das Gedränge groß und an Sitzen nicht zu denken. Die Jungs, sie schubsten, brüllten, rissen Witze. Er hatte es so satt, diese Niedrigkeiten zu ertragen. So griff er in seine Hosentasche, holte eine Schere hervor und stach damit in den Hintergrund. Schnitt die Bushaltestelle einem Stück Papier gleich aus der Szene heraus, knüllte sie samt aller Kinder zusammen, zündete sie schließlich an und hörte noch, wie ihre Schreie aufjaulten und sogleich verklungen waren. Er genoss sichtlich die Ruhe. Der Bus hielt an einer anderen Stelle, Kaye stieg ein, setzte sich, lächelte und genoss anschließend die Fahrt. Hinter ihm zwei, drei Bänke weiter gen Ende, saßen Frank und Lyle, die größten Störenfriede an seiner Schule. Wieder Pech, erneut zückte er seine Schere, stach Lyle ins Bein und schnitt ein Stück heraus aus dem Bild, was sich ihm zeigte. Nur soviel das sie zur Stille gezwungen waren. Ohne Kopf konnte nichts schreien, reden, nerven. Und wieder die Stille. Wenig später stand der Bus vor der Schule, öffnete die Türen, entledigte sich seiner Fracht und entschwand. Kaye ging zum Klassenraum, voll, ein paar fehlten, er lächelte. Holte erneut seine Schere heraus, schnitt in den Hintergrund ein Loch und

spießte einem Schaschlik gleich, seinen Lehrer auf und schob ihn in die Leere. Anschließend knüllte er den Hintergrund zusammen und sprang zwei dreimal auf ihn. Sein Lehrer schrie nur beim ersten Aufspringen laut jammernd in seine Richtung. Beim zweiten Mal war es still, er zerquetscht, klein wie eine Schnecke unter einem Fahrradreifen. Kaye setzte sich erneut - Stille. Er legte seinen Kopf leicht schräg nach rechts, markierte mit seinen beiden Daumen und Zeigefingern ein paar Mitschüler von ihm und dachte an die Schere ...Immer praktisch eine dabei zu haben.

Vorschau auf Band 2

Mit dieser ersten Vorschau auf den zweiten Band der Horror Serie »Scherenschnitte bei Nacht« möchte ich euch schon ein wenig Appetit machen. Wieder einmal dreht sich bei den Geschichten alles darum, wie böse, fies und gemein die Umgebung, Gegenstände, wie auch einzelne Personen sein können. Da gibt es die Geschichte »The Cry«, in der ein Haus, sich von der Energie eines jeden Menschen ernährt, welcher es betritt. Oder auch die Geschichte »Der Raum, der niemals schläft«.

Dieser verfolgt jeden, den er zum Tode verurteilt hat. Eine Flucht ist wahrlich nur schwer möglich. Ein anderes Mal wird die Geschichte »was, wenn alles anders ist« dargestellt. Hier wird erzählt, wie fies man sein kann, wenn man sich in der Ehe nichts schenkt. Diese und weitere Geschichten sind in Band 2 zu lesen.